사월의 편지

사월의 편지
세월호 희생자 정지아의 글

초판 1쇄 발행 2015년 3월 1일 ＼**초판 3쇄 발행** 2016년 6월 1일
엮은이 지영희 ＼**펴낸이** 이영선 ＼**편집이사** 강영선 ＼**주간** 김선정 ＼**편집장** 김문정
편집 임경훈 김종훈 하선정 김정희 유선 ＼**디자인** 김회량 정경아
마케팅 김일신 이호석 김연수 ＼**관리** 박정래 손미경 김동욱

펴낸곳 서해문집 ＼**출판등록** 1989년 3월 16일(제406-2005-000047호)
주소 경기도 파주시 광인사길 217(파주출판도시) ＼**전화** (031)955-7470 ＼**팩스** (031)955-7469
홈페이지 www.booksea.co.kr ＼**이메일** shmj21@hanmail.net

지영희 ⓒ 2015
ISBN 978-89-7483-709-9 03810
값 12,000원

이 도서의 국립중앙도서관 출판시도서목록(CIP)은 e-CIP 홈페이지(http://www.nl.go.kr/ecip)에서
이용하실 수 있습니다.(CIP제어번호: CIP2015004000)

사월의 편지

세월호 희생자 정지아 단원고 2의 글

지영희 엮음

서해문집

"놀이하듯 편지를 주고받은 아이를 기억한다"

지난해 7월 초 나는 기록 작업을 위해(유가족 육성기록인 《금요일엔 돌아오렴》으로 출간되었다) 매번 그랬듯이 약간 두렵고 긴장된 마음으로 안산 분향소에 있는 유가족 대기실로 들어섰다. 거기서 눈이 크고 선하게 생긴 어머니 한 분을 만났다. 어머니는 내게 무엇을 하는 사람이냐고 물었고, 나는 글을 쓰는 작가라고 대답했다.

어머니는 조금 망설이다가 당신의 딸 이야기를 꺼냈다. 핸드폰에 있는 딸 사진을 보여주고는 금세 굵은 눈물을 뚝뚝 흘렸다. 딸은 예쁘고 앳된 얼굴로 나를 쳐다보고 있었다. 당신의 딸도 글쓰기를 정말 즐겨했다고, 시도 쓰고 소설도 쓰고 자서전도 썼다고, 그 글로 딸을 위해 자그마한 책이라도 내고 싶다고, 그러면 딸이 정말 좋아할 것 같다고 낮고 슬픈 목소리로 이야기했다. 아이 이름은 정지아였고, 나는 그렇게 지아와 처음 만났다.

어머니는 소설이나 시만이 아니라 지아의 편지도 같이 주었다. 엄마, 아빠에게 그동안 보냈던 편지와 친구에게 썼던 편지, 친구한테서 받은 편지 들이었다. SNS가 발달한 세상에서 누구나 손글씨 쓰기를 힘들어 하는데 이렇게 많은 편지를 썼다는 사실이 놀라웠다. 마치 놀이하듯 편지를 주고받았다. 10대들이 일상에서 겪었던 일, 발랄한 농담, 내밀한 고민 등 많은 이야기가 담겨 있었다. 이건 편지의 진화였고, 소통방식의 진화였다. 그 자체만으로도 아이들의 생활을 엿볼 수 있는 귀중한 자료였다.

그 중에는 산후관리사로 일하는 엄마가 지아가 혼자 남겨질 것을 걱정하며 썼던 편지들이 있었다. 엄마가 일하러 가면 혼자 외롭게 밥 먹고, 놀고, 공부할 지아를 위해 식탁 위에 거의 날마다 남기고 간 편지였다. 지아를 떠나보낸 뒤 엄마는 어느 날 책상 서랍 속에서 지아가 그 편지들을 버리지 않고 다 모아 놓은 걸 발견했다.

"엄마가 여태까지 써준 편지들을 모아둔 걸… 컴퓨터에 저장할 겸 하나씩 다 써봤어. … 난 울지 않으려고 했지만 결국 울었다. 만약 나중에 엄마가 세상을 떴을 때 이걸 다시 읽는다면 어떨 기분일지 생각했어."

지아가 엄마 없는 세상에서 그 편지들을 읽으면서 엄마를 그리워하는 모습을 상상했는데 현실은 지아를 먼저 보낸 엄마가 그 편지를 읽고 있었다.

지아와 엄마는 각별한 사이였다. 지아가 한 살이 지날 무렵 아빠와 결별하면서부터 엄마는 지아를 의지하고, 지아는 엄마를 의지하면서 세상을 살아왔다. 엄마에게는 지아가 삶의 전부였고, 지아에게 엄마는 자신을 이해해주고 받아주는 유일한 안식처였다. 서로 영혼으로 외롭게 연결되어 있었다. 지아 이야기를 할 때마다 엄마는 끝이 없는 울음을 울었다.

지아의 편지 중에는 학창시절을 함께한 친구들의 것이 많았다. 그 아이들 중 단원고에 다니던 친구들은 대부분 이번 세월호 참사로 희생되었다. 〈거

위의 꿈〉을 부른 보미도, 유민이도…, 지아와 친했던 친구 여섯 명 중 다섯이 세상을 떴다. 말할 수 없는 비극이었다. 유일하게 살아남은 친구는 전혜린이었다. 그의 인터뷰를 통해 지아가 어떤 아이였고, 어떻게 마지막을 보냈는지 알 수 있어 그나마 다행이었다.

지아의 글 속에는 책을 좋아하는 평범한 한 아이가 살다간 짧은 인생이, 그렇지만 많은 이야기가 담겨 있었다. 지아는 학창시절에 많이 방황하고 많이 고민했다. 자서전이라는 글 속에서 고백했듯이 친구들과 많은 일을 겪었고, 가끔은 학교 인조잔디에 불장난을 해서 불려가기도 했다. 왕따도 시켜보고 왕따도 당해보았다.

나는 삶이 '매일 축제이고 쓰레기장'이었다고 고백하는, 자신을 포장하지 않은 지아의 글들이 좋았다. 그 아이 나름 독특한 정서가 있어서 읽을수록 매력 있었다. 지아가 청소년기를 이렇게 진하게 방황했다는 것이 한편으로는 가슴 아프면서도 한편으로는 다행이다, 싶었다. 많은 걸 생각하면서, 때로는 객기도 부리고, 극단으로 가보기도 하고, 친구들 때문에 아파하기도 하면서 10대를 보낸 지아가 참 아름답고 귀하게 느껴졌다. 무엇보다 상처를 입고 할큄을 당할 걸 알면서도 자신에게 바닥으로부터 솔직하려던, 지아의 타협하지 않는 그 마음이 정말 좋았다. 하지만 내면이 섬세한 지아는 친구들을 괴롭혔던 자신의 모습을 혹독하게 자책했다. 지아가 괴롭혔다는 친구 중에는 오히려 이런 지아를 위로하는 편지를 보내기도 했다. 지아는 이 과정에서 많이 컸고, 우정이 무엇인지도 알았던 것 같다.

지아가 쓴 시 '나성시장', '불꽃축제, 여의도에서 1', '그만큼만 아파하다 잠들라 말하면…' 등을 읽고 감탄했다. 지아의 감정이 시를 통해 완전하게 표현된 것 같았다. 지아는 한때 월드컵 때문에 축구에 푹 빠져 지냈다. 기성용을 좋아하고 구자철을 좋아했다. 그러고는 축구 소설을 쓰기 시작했다. 그래서 나온 것이 〈태능선수촌 2012〉이었다. 〈에피 시리즈〉는 문장력이나 표현력으로 볼 때 지아가 가장 최근에 쓴 소설인 듯하다. 어떻게 보면 영화 같기도 하고 환타지가 섞인 로맨틱 소설 같은데, 지아는 이 글로 자신의 상처를 어루만지고 치유하고 싶었던 건 아닐까 추측해본다.

거의 날마다 아이들이 걸었던 안산의 와동, 고잔동, 선부동을 거닐며 분식집에 들리고, 지아가 친구들과 숙제하면서 수다를 떨던 카페를 돌아다닌다. 거리를 걷다가 멈춰 서서 하늘을 본다. 눈이 온다. 지아가 자주 갔던 '나무그늘' 카페에 앉아 지아 엄마랑 휘날리는 눈을 바라본다. 어머니도 나도 떠도는 지아의 많은 흔적과 체취를 놓지 않으려 안간힘을 쓴다. 삶이 아무리 하찮고 보잘것없어도 잊을 수 없는 게 있다. 많은 아이들이 세상을 떠났고, 이제 우리 곁에 없다. 하지만 우리는 그 아이들이 품어내는 향기로, 내밀한 이야기로, 답이 없는 방황으로 그들을 기억하기 시작한다. 아이들의 죽음은 이 사회에서 아름답게 존중받아야 하므로….

김순천
작가, 416세월호참사시민기록위원회 작가기록단

쓰려니ㅋㅋ는 휠 요밀날 꼭!!! 내가 준 양말 신고와~♡ 안신고
가타.. 진짜 꼭꼭꼭 신고와요 자기얌ㅅ스 아!!! 내가 양말
NEVER 메인 선물이 아니기 때문이야 양말이 포장지 요
내가 되게 갖고 싶었지만, 내 눈에는 가장 예뻤지만 너의
해라냥 난 유혹을 뿌리치는 노력을 보여주었어!!! 지금 한번 꾸으
다음 생일의 편지에는 꼭 즐간겨 딱 막처서 잘 알아 볼수
야겠어! 이번 편지는 아니, 생일은 중학교 마지막 학년의 생으
되짚어 보면서 너에 대한 생각과 감정들을 쓸게ㅋㅋ 1학ㄴ
억이 안나.. 첫인상, 생각 등등.. 그땐 내가 약간 혼란스러워ㅐ, 저
든.. 그러다가 우리가 같은 척추측만증이라는 아픔을 겪고 있다는
스탠드에 앉아서 여자애들끼리 얘기를 하다보면 너는 신기한 것
2학기 중간쯤엔가 하여튼 1학년때 쯤에 너가 나한테 좀 차
어하나보구나..하고 생각한 적이 있었어ㅎㅎ 그렇게 1학년이 지나고
다니자고 그랬었잖아 사실 되게 꼬금 이해가 안갔어.. 우리가 저
애들이랑도 거의 친해보이는 다은이랑 다니지 않고 우리들이랑 ㅇ
싫지는 않았지♡ 다만 후회하지 않았으면.. 하는 마음이 있기도 했ㄴ
이 어울려 노는게, 너의 대인관계 형성에는 더 좋을 거 같잖아 가

지아의
편지

거야 -.- 베리베리 실망 할거
싸지 않은 이유는 양말은 절대
되요~포장지도 참 이쁘지??
너 선물로 주는 거야ㅠㅠ 기억
까 되게 읽기 힘들겠다ㅎㅎ
♡ 이제 편지쓰는 법도 익혀
념으로 1, 2, 3학년을 쭉~
음 봤을때 솔직히 아무것도 기
들을 살펴보고 느낄 겨를이 없었거
 동질감을 느꼈었고, 체육시간에
있다고 생각을 했지.. 2학년
ㄹ고 기억해 그래서 너마 나를 싫
반이 되었을 때 너가 같이
고 그런데 너가 좀 잘나가고 반
 진짜로 이해 안가긴했는데
툭 까놓고 얘기해서 다온이랑 같
시.. 지금에서 생각해보면 같이
많이 친해지면서 알게 되었고

나의 엄마, 나의 딸

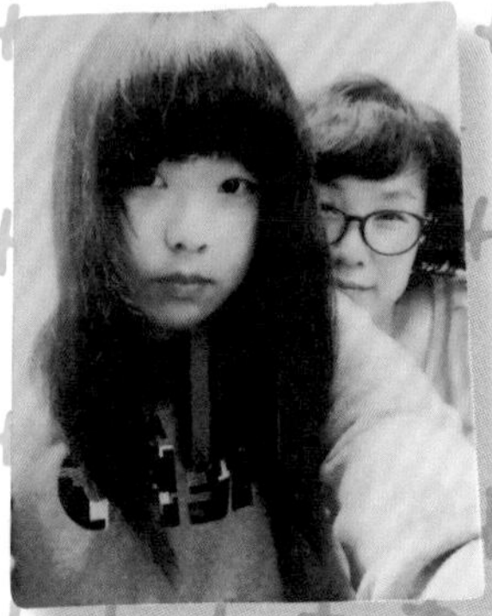

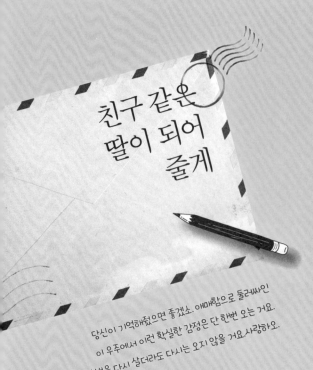

친구 같은
딸이 되어
줄게

당신이 기억해줬으면 좋겠소. 애매함으로 둘러싸인
이 우주에서 이런 확실한 감정은 단 한번 오는 거요.
몇 번을 다시 살더라도 다시는 오지 않을 거요. 사랑하오.

친구 같은 딸이 되어 엄마를
기쁘고 행복하게 해주고 싶어

사랑하는 엄마에게

엄마, 몸도 힘들고 마음도 힘들고 내가 되도 않는 성질까지 내서 완전히 지쳤는지 일찍 자는구나. 어젠 모의고사, 오늘은 영 아닌 컨디션에 요 며칠 정신을 도무지 차리려야 차릴 수가 없다. 물론 그게 엄마 잘못도 아닌데 엄마한테만 어리광 부리고 괜히 성질내서 항상 미안하고. 나도 이럴 때마다 마음이 안 좋아. 사랑한다고 말하려고 엄마를 불렀지만 엄마는 이미 자더라고.

엄마가 여태까지 써준 편지들을 모아둔 걸 보는데 눈으로만 보니까 뭐랄까 감정이 잘 안 느껴져서 컴퓨터에 저장할 겸 하나씩 다 써봤어. 처음엔 얼마 안 걸릴 것 같더니 한 시간이 지나가더라고. 다 쓰려면 조금 남았지만 그건 팔이 아파서 나중에 또 시간될 때 써보려고 해.

난 울지 않으려고 했지만 결국 울었어. 편지들을 그대로 옮겨 타자로 적으면서 만약 나중에 엄마가 죽었을 때 이걸 다시 읽는다면 어떤 기분일지 생각했어. 말은 하지 않지만, 아니 말 안 해도 엄마가 다 알고 있겠지만 케이크 먹고 싶다면 사주고, 밤도 매일 삶아 먹기 좋게 발라주고, 위로해줘서 많이 고마워.

사실 오늘은 1교시부터 7교시 내내 공부하는 데 정말 심각하게 집중이 안 되더라고. 물론 거기에 내 게으름과 귀찮음과 나른함. 지침이 모두 포함되어 있었지만 생리를 해서 그런 것도 있고. 하지만 이렇게 침체된, 어떤 발전이나 뒤처짐 없는 멈춰 있는 기분은 또 처음이야. 10월, 11월에 제대로 공부한 날이 하루도 없는 것 같아. 이제 다음주, 다다음주가 되면 또 시험 기간이라는 사실에 시작이야 하겠지만 난 무언가 다른 걸 더 원하는 것 같기도 해. 좋은 절에 가고 싶고, 가서 마음을 좀 달래고 싶고, 몸을 쉬게 하고 싶고, 사람들을, 때 묻지 않은 어린아이들을 보고 싶고 뭐 그런 것들을 원해. 12시간 이상, 14시간 정도를 학교에 있는 것은 힘이 들어.

공부하는 애들은 또 그 시간의 반 이상을 공부하겠지만 나는 다른 쪽을 배우고 싶어. 경험하고 깨닫고 싶어. 국어책을 폈을 때 예를 들면 이상의 시를 몇 음보, 갈래, 주제, 이런 걸 칠판에 선생님이 판서하고 애들은 따라 적고 외우고 이해하는 것보다는 그냥 그걸 한번 천천히 읽고 이해하고 감상할 시간을 주고 그 시에 대해 비슷한 상황이나 배경을 머릿속으로 생각할 수 있게 수업하거나 그랬으면 좋겠는데. 그냥 이육사의 〈광야〉는 광복을 위한 어쩌고저쩌고, 몇 음보 몇 음률에 이러니까 이게 과연 문학인가 싶은 생각이 들기도 해. 그래서 하기 싫은 것도 있는데 국어 말고는 내가 점수 나오는 게 없으니까, ㅋㅋ 그치?

철학도 배우고 싶고 심리학도 배우고 싶어. 심리학은 엄마가 책을 사줬지. 《딸에게 보내는 심리학 편지》와 《포기하는 용기》라는 책이 지금 앉아 있는 의자에서 바로 왼쪽으로 고개를 돌리면 보이네. 좋은 책인 것 같아. 내가 무슨 유형인지도 알게 되고. 국어에 대한 능력이나 지식이나 책을 좋아하는 이유는 완전히 엄마의 유전자를 물려받았다는 것을 알게 되면서 참 감사하다고 생각했어. 내가 그때의 엄마보다 더 글을 잘 쓰고 재능이 있는지는 잘 모르겠지만 나중에 시간이 지나고 될 수 있다면 출판에도 도전해보고 싶어.

내가 예전에 매일 엄마에게 말했던 외로움은 요즘 사실 잘 느끼지 않아. 카톡과 페이스북도 삭제해 보지 않고 친구들과는 가끔 문자를 하는데 특별히 외로움, 소외감 따위를 느끼지 않아. 지금이 집착하고 매일 연락하고 주말만 되면 애들을 만나고 싶어 했던 그때의 나보다 훨씬 나은 것 같아. 다행 중 다행이지. 하지만 요즘 들어 유난스러운 내 기분과 잠잠하다가 다시 같이 다니는 친구들이 싫어진다는 얘기는 생리 때문이겠지. 정말 성격 맞지 않는 친구와 같이 다니기는 힘들어. 그닥 노력도 서로 하지 않으니 애매하고 더 힘든 것 같아, 힘들어. 힘들다, 엄마.

애들이 너무 싫어, 죽고 싶어 라고 말하던 시간들도 다 지나가고 이제 2013년의 끝이 다가오네. 아직 오진 않았지만 또 연말이 와. 절대로 오지 않을 것 같았는데 또 오는구나. 그런 것처럼 2014년이 다가올 날도 얼마 남지 않았어. 문과에 들어가니 과학이나 수학의 비중은 줄어들어 좋지만 또 친구 문제, 공부 문제로 걱정되긴 마찬가지겠지.

내가 말을 심하게 해 엄마에게 상처 줄 때나 기분을 정말 안 좋게 할 때마다 나는 아무 생각 없이 질러놓고 엄마가 왜 저러나 싶은지 처음엔 이해를 못했어. 엄마 얘기를 조금 들어봤을 때, 혹은 다 듣고 나서 뒤늦게 생각하게 되는 것 같아. 미안해, 수원까지 매일 갔다가 다시 오고, 그 전엔 일도 하고 나만큼, 어쩌면 나보다 더 마음과 몸이 힘들고 지쳤을 텐데 그 생각을 못했어. 난 아직 어리니까, ㅋㅋㅋ 앞으론 잘해보려 노력할게.

그리고 아빠에 대해서 말하려고 해. 예전에도 그렇고 이번에도 그렇고 아빠가 몸이 다쳐서 일을 못하게 될 정도가 될 때 나도 사람이니 당연히 걱정은 돼. 걱정을 많이 하는지 적게 하는지는 모르겠지만 뼈에 금이 갔다는 게, 손가락 마디가 잘렸다는 게 나는 정확히 어떤 아픔인지, 그렇게 다쳐서 몸이며 생활이며 아빠의 인생에 어떤 영향이 미치는지 잘 모르겠어. 학교 다니다 보면 또 자연스레 걱정하면서 잊게 되고, 별 생각이 없어지고 감흥이 없어지게 돼. 그래도 딸이니까 문자라도 보낼 수 있어. 맞아, 맞지만 무슨 얘기를 해야 할지 정말 잘 모르겠어. 그러니까 나도 내가 생각하는 걸 다 말로 표현하지 못 하듯이 그런 기분 중에 하나인 것 같아.

솔직하게 말하면, 아빠 괜찮아? 아빠가 손가락이 잘려서 나는 아빠가 월급을 못 타서 또 엄마가 짜증내고 울고, 핸드폰 붙잡고 할머니, 이모한테 돈을 빌리고 카드 빌리고 힘들어할까 봐 그게 아빠 손 잘린 것보다 더 걱정돼. 이 말이 처음 아빠 다쳤다는 소리 듣고 나서 느낀 내 기분인데 그걸 보낼 수도 없고. 아빠, 나는 아빠 손가락이 잘려서 걱정이 되고 무서워서 눈물은 났지만 야자 하는 사실이 더 힘들어. 그리고 손가락 잘렸다는 게 어떤 아픔인지 잘 알지도 몰라서 내가 무슨 말을 해줘야 할지 모르겠어. 많이 아프지. 빨리 나아, 라고 문자 보내기도 뭐해서 그냥 안 보냈어.

나도 딸로서 살갑게 대하고 다쳤을 때 무슨 말이라도 해줘야 하는데 항상 망설여지고 용기가 안 나. 나를 기른 아빠고 정말 엄마와 나를 위해 노력하고 성실하게 일한 고맙고 착한 사람이라는 건 알아. 어쩌면 내가 생각하는 거 이상으로 대단하고 멋진 사람이겠지. 힘든 일을 하니까 아주 가끔 내가 일 조심히 하고 몸 건강히 하라고 문자를 보내는데 그건 정말 진심에서 우러나와서 보낸 거였는데 이번에는 사실 용기도 없고 해서 보내지 않았어. 나중에 조금 더 시간이 지나서 할머니가 집을 나갔을 때처럼 늦지 않게 사랑한다는 말은 아빠한테 해주고 싶어. 정말 고맙다고….

엄마도 많이 고마워하겠지만 내가 엄마 몫까지 더 해서 죽을 때까지 마음에 안고 살아가겠다고 말할 거야. 그게 내일이던 모레든 언제든 시간이 되고 내가 준비가 되면, 아빠는 두 여자를 사랑하고 책임질 수 있는 능력 있는 멋진 사람이라고, 말하고 싶다. 말하겠지 죽기 전에라도 꼭. ㅋㅋㅋ 강성길 씨에 대한 형용할 수 없는 이 감정은 어른이 돼서 만큼은 꼭 표현하고 설명할 수 있었으면 좋겠네.

난 학생이니 공부하고, 아빠는 타워크레인을 만지는 사람이니 타워크레인 일을 하지. 굳이 일하지 않아도 돈이 많은 연희 이모 같은 사람들은 모르겠지만 일하지 않으면 사람은 바보가 되는 것 같아. 그래도 엄마가 일하기 시작하면서 몸이 아프고 너무 힘들어 하기에 맘이 좋지 않았을 때가 있었어. 움직이지 않던 몸으로 움직이고 근육을 많이 쓰려니 아프지, 안 아플 리가 없지. 신생아와 아이들을 돌보고, 생전 알지 못하던 사람들과 만나고, 그 사람들의 얘기를 듣고 엄마 얘기를 하고, 열심히 일하고, 엄마 이름으로 들어오는 돈을 받으면서….

젊을 때 일을 해서 알겠지만 또 40대에 산후조리사 일을 시작해서 엄마도 아직 1년차지만 많은 경험을 하고 좋은 점들을 배웠다고 생각해. 엄마가 실제로 대견스럽고 뿌듯해. 몸 아프지 않게 앞으로도 일을 잘 해서 겨울이면 어딜 가고 여름이면 어딜 가는 여유가 전보단 조금 생긴 그런 생활을 했으면 해. 그게 나보단 엄마를 위해서 그랬으면 좋겠고.

가끔 너무 짜증내거나 쌀쌀맞게 굴어 엄마를 당황스럽게 하기도 하고 기분 나쁘게 만드는 딸이지만 조금 예민해서 그런 거고, 엄마를 너무 사랑해서 그런 거지 악감정은 거의 없다는 거. ㅎㅎ. 언제나 말했듯 다른 이모들의 좋은 옷과 가방은 아니지만 그 대신 그 사람들은 없는 친구 같은 딸이 되어 엄마를 기쁘고 행복하게 해주고 싶어. 그러니 슬퍼하거나 힘들어 하지 말고. 가끔 엄마와 너무 내가 붙어 있어서 엄마의 중요성을 잊는 것 같기도 하지만 내가 이 편지를 쓰면서 두 번 울었으니 말은 다했지 뭐.

더러워지고 살짝 헤진 나이키 신발은 빨면 또 새 신발처럼 빛날 것이니 걱정 마. 또 언제까지 멈춰 있을지는 모르지만 이 게으름도 사라지고 언젠가 교과서를 필 날이 오겠지! 아빠 일이든 무슨 일이든 잘될 테니 너무 큰 걱정은 맙시다. 우린 사서 걱정하는 것도 없지 않아 있으니까.

가장 사랑하는 엄마. 나도 엄마가 언제나 힘들지 않고 행복했으면 좋겠다. 그럴 수 있게 서로 사랑하고 이해하자. 내가 미안해, 못난 딸이 되지 않게 더 노력할게. 다음 생엔 엄마가 내 딸로 태어나길 바라. 내가 받은 사랑 꼭 갚을 수 있게. 너무너무 사랑합니다. 이제 신나게 애경백화점을 구경합시다! 사랑해, 울지 마!

2013년 12월

"이런 확실한 감정은
단 한번 오는 거요. 사랑하오"

엄마에게

할 이야기가 있소.

한 가지만,

다시는 이야기하지 않을 거요.

누구에게도

그리고 당신이 기억해줬으면 좋겠소.

애매함으로 둘러싸인 이 우주에서 이런 확실한 감정은

단 한번 오는 거요.

몇 번을 다시 살더라도

다시는 오지 않을 거요.

사랑하오.

뭐라니? ㅋㅋㅋㅋ

사랑하는 엄마에게

엄마 안녕. 엄마는 지금 자고 있어. 나는 오늘도 공부를 하지 못했지만 내일은 정말 해야겠다는 생각이 간절히 들어. ㅋㅋㅋ 그래도 내일은 베이컨 반찬이 있으니까 좋다. 엄마가 지난주랑 이번 주랑 해서 구리까지 가서 엄청 고생하는 거 알고 있어. 그래도 교육받는 거니까 나는 좋다고 생각해.

일하기 전에 그런 거 거의 안 받아봤잖아.

어제는 내가 예민해서 감수성이 폭발한 것 같다는 생각이 들었어. 그래도 깨달은 게 있으니 좋은 경험이겠지. 나도 아닌 척 하지만 할머니나 이모, 수연이를 많이 생각하고 사랑하는 것 같아. 아빠가 저렇게 밥 먹는데 이상한 채널에서 이상한 드라마를 봐도 그냥 그러려니 짜증은 나지만 짜증보다 이해해야 한다는 생각이 먼저 들고. 엄마 없는 주말이 심심하기도 하지만 나 혼자만의 시간이 있어서 너무 좋고 티비랑 컴퓨터도 실컷 해서 좋아.

이제 시험기간이라는 게 힘들고 뭐 공부를 하겠지만 그래도 넘 지친다. 홍대를 갔다 오면 괜찮아지겠지? 음, 가서 떡볶이 먹고 몇 바퀴 돌다가 오는 거야. 지하철 탈 생각하면 좀 힘들지만 노래 들으니까 그것도 좋고. 어쨌든 엄마도 마지막이니까 잘 갔다 와. 외로움도 난 극복하는 중인 것 같고, 애들이랑 연락하지 않아도 괜찮은 걸 보니 그리 심각하진 또 않은 것 같아. 책도 더 많이 읽고 노래도 더 많이 듣고 싶지만 시간이 별로 없다. 시간이 없다는 것도 하나의 핑계긴 하지만. 정말 내일은 공부부터 해야겠어.

요즘 저장해서 보는 글이 바로 이거야. 이것보다 더 좋은 글도 많이 보고 있지만 그래도 상황과 뭔가 공통점이 느껴졌어.

"생명을 지닌 모든 것들은 태어나고 죽는다. 사람은 만나고 또 헤어진다. 네가 누군가를 영원히 기다려주지 않듯, 너를 영원히 기다려주는 이도 없다. 네가 누군가의 곁에 영원히 머무르지 못하듯, 네 곁에 영원히 머무를 이도 없다." 라네.

엄마도 공감할 만한 내용이겠지? 노래 들으면서 지하철에서 앉아서 가길

바라고 이상한 거 사오지 마! 음, 맛있는 거 먹고 싶다. 마지막인 만큼 엄마도 유종의 미를 거두고. 내가 많이 사랑하는 거 알지? 좋은 하루 보내고 일찍 들어와서 나랑 놀아줘! 말은 안 해도 피곤할 것 같아서 걱정이지만. ㅋㅋㅋ 항상 사랑하고 고맙고 미안하고, 우리 엄마가 나는 너무 좋고. 내가 그닥 속 썩일 일은 없겠지만 말 잘 듣고 공부 열심히 할게. 엄마 사랑해♡

2013년 8월

내가 못해주는 게 너무 많아서 미안해.
짜증내고 시키고 구박하고

세상에서 하나밖에 없는 우리 엄마에게

엄마, 오랜만에 이렇게 엄마에게 편지를 써봤어. 지금은 새벽 4시야. 오늘은 또 무슨 일을 했는지 모르겠어. 일단 우리 가족과 단비네 가족과 수경이, 서연이와 은하수 사우나를 갔다 와서 할머니네로 갔어. 가기 전에 동물병원에서 항상 그렇듯이 애완동물들을 구경하고 귀엽다고 탄성 한번 질러 주고 가야 제 맛이지? 아주 마른 고양이를 봤어.

오늘 할머니네 에어컨은 정말 죽이는 것 같아. 그래서 우리도 에어컨을 달았으면 정말 좋겠어. 퇴직금이 얼른 나왔으면 좋겠다. 지금은 엄마가 자고 있는데 내가 몰래 선풍기를 빼왔어. 너무 더워서 어쩔 수 없어. 할머니는 지금 〈공공의 적〉을 보고 있는데 너무 재밌대. 나도 보니깐 웃겨. 엄마가 금방이라도 일어나서 나보고 뭐하냐면서 성질을 낼 것 같아. 난 간 졸이며 최대한 작게 소리 내며 편지를 쓰고 있어. 언제부턴가 나는 직접 손으로 편지를 쓰지 않아. 너무 힘들고 번거롭고 귀찮아. 그래서 시간상 빠른 타자를 이용하지.

난 엄마와 돈 얘기를 하려고 해. 흠 일단 내가 막 월급이나 퇴직금이나 돈만 뭐 들어오면 뭐 사달라고 조르고 막 짜증내고 그러는 건 솔직히 100퍼센트 내 잘못 맞아. 하지만 그게 어쩔 수 없는 일이고 사람 욕구잖아? 그래도 나는 내가 하고 싶은 걸 다 하지는 못해. 그렇지만 엄마한테 많이 받는 편이야. 그래서 그것에 대해 너무 감사하고 또 고맙고 행복하다는 생각이 들어.

엄마도 솔직히 돈이 기다려지는 만큼 나도 많이 기다려져. 그래서 어쩔 수 없지만 그래도 조르지 않으려고 노력할게. 근데 가끔 장난으로 뭐 사줘, 돈 언제 나와 이러는 경우도 있어. 정말 내가 원하는 게 아니라 그냥 장난삼아 그럴 때도 있다는 거 엄마가 알아줬으면 해. 그리고 내가 방학 전에 학교 다닐 때만 해도 애들 때문에 외로움 소외감 느끼고 그런 걸 엄마한테 푼 것 같아서 정말 미안해. 지금 생각하면 아무것도 아닌 일 가지고 내가 너무 오버한 것일지도 몰라.

엄마가 한가람문고에서 사준 《우리는 사소한 것에 목숨을 건다》, 이 책이 많이 도움된 것 같아. 나는 아직 긍정적으로 생각하는 게 힘들겠지만 많이 노력하려고 해. ♥ 그리고 지금은 엄마가 생리 중이야. 나도 그렇고 엄마도 그렇고 생리만 하면 세상이 무너져도 짜증내듯이 서로에게 짜증내지. 물론 생리적인 현상이고 여자라면 누구나 하는 생리니깐 나도 이해해. 하지만 엄마는 좀 도를 지나치게 짜증낼 때가 있어. 나도 생리하거든? 내가 생리할 때 엄마한테 짜증내면 "지아가 생리니깐 이해해야지" 하고 참잖아. 나도 엄마가 생리니깐 이해하는 부분도 있는데 아직 어려서 잘 모르겠어. 하지만 나도 엄마와 똑같이 생리가 나올 때 짜증나고 꿀렁꿀렁거린다는 걸 알아줬으면 해.

그리고 난 이번 해 엄마 생일을 내가 정말 거창하게 챙겨줄 줄 생각했는데 못 했어. 다음 해라도 혹시 돈이 되거나 내가 맘먹고 모아서 선물을 줬으면 좋겠어. 뭐 못해주면 엄마한테 "물질적인 사랑은 좋은 게 아니야" 하면서 넘어가지만 사실 나도 마음이 안 좋아. 엄마가 태어났기 때문에 나도 태어났으니깐. 갑자기 마음이 아파서 눈물이 나려 한다. 그치만 난 참을 거야. 지금 엄마가 깰까 봐 더 무섭거든.

어쨌든 오늘은 돈도 많이 써주고 오랜만에 친구들과 만나게 해줘서 고마워. 애네들을 만나서 깨닫고 느낀 게 너무 많아. 나도 철이 없어서 그런지 애네처럼 놀고 싶고 선배들이랑 장난도 쳐보고 싶고 막 그래. 근데 행동으로 옮길 만큼도 아니고 그냥 상상하는 것뿐이니깐 괜찮겠지? 예전엔 그냥 세월이 흘러가면서 직업도 생기고 직장도 생길 줄 알았더니 그만큼 노력이 필요한 거였어. 내가 건국대학교 가고 싶은데 우리나라에서 건국대학교가 12위래.

어쨌든 엄마, 하나밖에 없는 엄마, 너무너무 사랑하고 내가 못해주는 게 너무 많아서 미안해. 짜증내고 시키고 구박하고. 근데 거기에도 엄마를 사랑하는 마음은 존재하는 거 알지? 엄마, 너무 눈물이 난다, 뒤에 할머니도 있는데. 덧붙이자면 난 엄마가 정말 오래오래 내 곁에 있어줬음 좋겠어. 그리고 가끔 아빠가 답답할 때 아빠 입장에선 어떤지 한번 생각해보고 너무 짜증내지 말자. 아빠는 씨도 없는 날 키워주고 길러주잖아. 그것만으로도 대단하고, 여태까지 정말 잘해온 거야. 그런 거 생각하면 나도 너무 미안하고 고마워, 엄마도 그렇지?

엄마, 너무너무 사랑해, 내가. 우리 행복하게 오래오래 살자. 퇴직금이 나와서 냉장고도 사고 컴퓨터도 사고 우리 사고 싶은 거 다 살 수 있으면 좋겠다. 대출한 거 백만 원 갚고 남은 돈이 백만 원이라도 그게 엄마랑 나랑 같이 있다면 적지 않은 돈이고, 헤프지 않게 잘 쓸 수 있을 거야. 그리고 홈플러스 미용티슈는 다시 사지 말자. 눈물 닦는데 냄새가 썩창 냄새야. 크크 어쨌든 너무 사랑해. 엄마, 우리 평생 함께하자. ♡   **2012년 1월**

나는 모든 걸 이겨낼 수 있는 강한 여자가 되고 싶어…

To. 사랑하는 어무이♥

엄마~허허, 연말 겸 크리스마스 겸 엄마랑 아빠한테 편지를 쓰기로 했어.

엄마한텐 되게 많이 또 다양하게 썼는데 아빠는 그게 아니니까 내가 쓰면서도 좀 떨리더라고. 무슨 말들로 또 이 편지지를 채워 나갈까 걱정이네.

솔직히 난 그렇게 비싼 노트북을 사려고 하진 않았어. 아직 중학생이고 그땐 필요성을 느끼는 것이 거의 없었으니까. 하지만 굉장히 좋은 건 사실이지. 게다가 핸드폰도 얻었으니까 말이야. 사실 아직도 걱정이 돼. 집에 있는 컴퓨터랑 노트북이랑 티비까지. 그리고 무선 공유기까지도 말이야. 전기세가 많이 나올 것 같거든. ㅜㅜ 그리고 핸드폰 비도…. 와이파이를 킨 상태로 무료게임을 다운 받으면 공짜라니깐 걱정 없긴 해.

지금은 사회시간이야. 어제 얘기를 한번 해보자면 말이야, 처음엔 내가 들떴는데 애들 반응은 그게 아니더라고. 재밌다고 하긴 하는데 그게 다 불평처럼 나한텐 들리는 거야. 그래서 싫었어. 물론 놀이기구나 공연을 보며 간간히 재미를 느꼈지만 이동할 때도 내가 뒤로 뒤처지는 게 은근 소외감도 들고. 그렇지 않아도 불편하고 짜증나는데 삼만 원이나 잃어버리다니…. 진짜 너무 힘들고 짜증났어. 갈수록 롯데월드는 내가 예전에 생각했던 간절하고 미치도록 행복한 곳이 아니었던 거야. 싫고 짜증나고 힘들었어. 한 시간 반 동안 실내만 열 바퀴는 돈 것 같아. 그러다가 너무 지칠 대로 지쳐서 그 물쇼를 봤어. 그러니까 기분이 괜찮아지더라고. 그 뒤로 애들을 만나서 지하철로 갔지. 나는 너무 서둘렀던 거야. 그래서 후회했어. 2교시인데 보미나 지성이나 수진이 앞에서 롯데월드 얘기도 안 꺼내기를 잘한 것 같아.

아빠랑 엄마한테 길게 편지 쓰느라 손이 되게 아프다. 그래도 엄마한텐 할 얘기가 많으니까 벌써 반이나 채웠네. 시간이 모자랄까 봐 빨리 쓰느라 글씨가 이상해졌다. ┱^┲ 이번 달에 시험이 끝나고 애들 모두가 흐트러져서 물론 나까지도 많이 놀고 돈을 많이 썼지? 지난번에도 말했지만 엄마가 이해 좀 해줘. 방학 땐 집에만 콕 박혀 있을 테고, 세뱃돈도 얼마 빼고 다 엄마한테 줄 거야. 이 편지는 20일에 쓴 거니간. 20일 날로 계산하자면 내일은 보미가 노래방 가자고 하고, 크리스마스에는 다현이가 만나자 그러고, 그날에 반 애들은 중앙동 가자고 그러고, 또 돈이 많이 나갈 것 같기도 해. 그때 알아서 뭐 되겠죠, 잉….

엄마, 며칠 전에 내가 빨리 겨울이 됐으면 좋겠다고 말한 것 같은데 벌써 2010년의 마지막 달이네. 실감은 안 나. 모든 것들이 확 닿고 실감나는 건 아니지만, 그렇지? 어제 오늘 생각해 봤는데 정말 내가 엄마를 다른 사람들 앞에서 만만하게 혹은 우습게 보는 면이 그동안 생각했던 것보다 더 심한 게 아닌가 하는 생각이 들었어. 그 점에 대해서 한시라도 빠르게 고치고 싶어. 그러려고 한 게 절대 아닌데 내가 그런 생각이 들더라고, 되게 미안해.

12월에 기대하라고 했던 건 이 큰 편지지와 다른 몇 편지들이야. 힘들 때마다 그 기분과 감정을 그대로 적어두었어. 거의 엄마에게 일기를 쓴 거지. 많진 않지만 힘들 때마다 엄마를 생각하면서 쓴 거거든. 이사도 가고 놀러도 다니고 들뜨기 십상이지만 그러지 않으려고 노력할 거야.

사랑하는 우리 엄마. 14년 동안 엄마한테 고마운 것도 미안한 것도 너무너무 많아. 한 해는 웃을 일도, 차마 웃지 못 할 일도 많았지? 겨울방학 땐 헬스 다니면서 건강도 찾고 살도 빼자. ┱^┲

예쁜 우리 엄마, 세상에서 가장 존경하고 사랑하고 고맙고 미안해. 싸울 때는 딱 3초만 미울 뿐 그 시간이 지나면 후회가 돼. 짜증나서 그 화를 다 엄마에게 푸는 건 아닌지, 억지 부려가며 엄마를 내가 이겨 먹으려고 하는 건 아닌지, 속상하게 해서 많이 미안해.

나는 내 감정을 잘 조절하고 힘들어도 금방, 그리고 쉽게 이겨낼 수 있는 사람이 되었으면 좋겠어. 2011년에도 분명히 그 점에 대해 기도하고 바랄 거야. 나는 모든 걸 이겨낼 수 있는 강한 여자가 되고 싶어…. 말로만이 아니라 행동으로 하는 거 말이야. 나는 이제 누굴 감싸주고 이해하는 게 지겨워진 것 같아.

엄마, 내가 자식을 기르면 당연히 엄마 기분을 알 수 있겠지? 진심으로 엄마를 사랑해. 엄마도 그렇지? 참, 나는 시간이 갈수록 몸이나 키가 늘어 갔어. 근데 엄마는 아직까지도 변함이 없네. 나는 머리 스타일도 수백 번 바뀌었는데. 엄마는 파마머리 그대로고 말이야. 또 왜 하루가 지날수록 주름살이 늘어나는지…. 왜일까, 엄마?

벌써 편지지를 가득 내 마음으로 채운 것 같아. 사랑하는 울 엄마, 연말인 만큼 잘 마무리하고 크리스마스도 잘 보내고 알겠지? 난 엄마밖에 없어.

I LOVE YOU ♥ MOTHER! 　　　　　　　　　　　　　　　　**2010년 12월**

착한 딸이 이렇게 선물했어!

To. 아빠에게

더러운 아빠의 아디다스 신발을 보고 마음이 좀 그래서 사실 신발을 사주려고 했지만 바지 사 달래서 착한 딸이 이렇게 선물했어!

계사년 한 해 몸 건강하고 항상 조심조심하고 담배 좀 끊으시오.

담배를 끊으면 싼타페 정도는 살 수 있어! ㅋㅋㅋㅋ

10년이면 강산이 변한다는 데 변함없이 엄마와 나를 위해 열심히 일해주고 노력해주어서 항상 고마워 아빠. 사랑하고 당진에서 안산으로 다시 왔으니 타워크레인 일도 조심히 잘 해.^^

2013년 3월 아빠딸 지아가

아주 가끔은 엄마랑 밖에서
데이트도 좀 해

To. 사랑하는 아부이께♥

지금은 학교 자습시간이야. 크리스마스 겸 연말 겸 엄마 아빠에게 편지를 써보려고 해. 특히 아빠한텐 첫 번째로 쓰는 편지인가? 그래서 좀 긴장도 되네. ㅎㅎ 아빠, 우리가 2003년 때부터 같이 살게 되었나? 내가 일곱 살

때부터였으니까. 지금 난 열네 살이니까 우리가 거의 8년 정도 함께 보냈네. 뭐 앞으로도 그럴 거지만. ㅋㅋ

솔직히 일곱 살 땐 새아빠라는 게 뭔지도 몰랐고 그냥 아저씨인 줄만 알았는데. 그 반항심이 초등학교 다닐 때 특히 심해진 것 같아. 못되게 굴 때나 짜증나게 할 때 많았지. 나는 다 까먹었지만 그래도 많은 것 같네. 여기엔 그 얘기를 안 쓰려고 했지만 뭔가 꼭 해야 될 것 같아서 한번 써볼게. 지금은 지난 일이고 이미 과거니까 심각하게 읽진 말고.

아빠랑 엄마랑 그날 심하게 싸운 뒤로 나는 이제 둘이 언성만 높아져도 몸이 떨리고 무섭고 머릿속이 굉장히 복잡해지는 구석이 있어. 엄마 아빠 서로도 많이 놀랐겠지만 나한텐 놀란 정도가 아니었거든. 더 오래 또 함께 살다 보면 그런 일들은 어쩌면 당연하고 있을 수 있는 일인지도 모르겠지만 그래도 최대로 자제해줬으면 좋겠어. 아빠만이 아니라 엄마도 나도!!

예전에는 솔직히 몰랐어. 아빠가 열심히 일한 걸로 내가 사고 싶은 거 살 수 있고, 또 엄마가 걱정 없이 세금이나 카드값 내면서 하루하루 살아가는 것도. 아빠 건강도 걱정되고. 10일만 되면 속으로 "돈은?" 하고 걱정한다. 내가 걱정할 일은 아닌 건 알아!

할 말이 되게 많았는데 까먹은 건지 기억이 안 나. ㅠㅠ 말로도 힘내라고, 사랑한다고 못하는 딸이라 되게 미안해. 아빠를 만나서 엄마도 되게 안정적(?)으로 된 것 같고, 만약 아빠가 없었더라면 어쨌을까, 속으로 상상도 해. 물론 살 수는 있겠지. 그치만 지금보다 가구가 좀 더 작고 적었겠지. 가끔 내가 너무 욕심 부리는 거 알아. 부잣집 딸래미인듯이 너무 많은 걸 바라기도 해. 그치만 또 한편으로는 매일 아침 일어나면 내가 누워 있는 침대도 있고 모든 게 다 들어 있는 컴퓨터나 좋아하는 연예인들이 나오는 TV도 있고 그러니깐 그런 사소함에서도 작은 행복을 느낄 때가 있어.

엄마랑 나를 편하게 지낼 수 있게, 잘살 수 있게 해줘서 너무 고맙고 많이 미안해. 날 낳아준 아빠도 아빠긴 하지만 거의 8년 동안 마주보고 살고 나 길러주고 키워준 아빤데 그 아빠를 무시할 딸은 또 어디 있겠어.

시험기간에 열심히 하라고 격려해준 것도 고마워. 국어시간에 고진감래를 배워서 잘 알고 있었어! 이번 시험은 전교등수 10등 올려서 100등이야. 과목수가 늘어나서 더 힘들었는데 나 나름대로 잘 본 것 같아. 지금은 방학이 얼마 안 남았고 이사까지 해서 학교에서나 집에서나 많이 들떠 있는 상태야. ㅋㅋ 2학년 돼서도 공부 열심히 할 꺼니까, 아빠도 일 열심히 하고 그러면서 건강도 좀 챙겨라. 담배도 조금씩 줄여가야지 나이를 쫌 생각하시오. 피시방에서도 너무 오랫동안 있지 말고! 인생은 훅 가잖아…ㅋ 흠….

그리고 이건 부탁(?)까진 아니지만! 예전부터 말하고 싶었어. 일이 없을 때나 뭐 휴가나 쉬는 날에 정말 피곤해서 쉬고 싶은 거라면 당연한 거지만 아주 가끔은 영화도 엄마랑 보러 가고. 담배 냄새 나는 피시방에서 파슈나 암포에서 사랑을 나누지 말고 같이 밖도 나가고 데이트도 해. ㅠ.ㅠ 자주 그러라는 게 아니야. 그냥 아~주 가끔! 속상한 건 아닌데 딸의 입장(?) 봤을 때 그랬으면 좋겠네! 절대 강요하는 건 아니구….

아, 벌써 이렇게나 많이 쓰다니, 내가 다 뿌듯하네. ㅋㅋ 수업시간이고, 중요한 수학 공식을 배우고 있지만…ㅋㅋ 수학은 포기야, 어쩔 수 없어! 그래

도 2학년 땐 더 잘하려고 노력할 거야. 칸이 많이 남았지만 아마도 여기서 줄여야 할 것 같아. ㅜ.ㅜ

아빠가 감동을 좀 받았나? 감동받으라는 목적으로 쓴 건 아니지만! 아빠나 길러주고 키워줘서 진짜 너무 고마워. 그리고 평생 부탁할게. 오래오래 살고 더 오랜 시간동안 나랑 엄마 버리지 말고 델꼬 살아. ㅋㅋ

이제 2010년도 끝나갔어. 한 해 동안 웃을 일도 울 일도 참 많았지만! 연말이니까 한 해 마무리 잘하고 또 메리크리스마스! 편지 쓴 건 20일이지만 아마도 아빠가 읽을 땐 31일쯤 될 꺼야. 그래서 크리스마스랑 연말 얘기가 겹치네. ㅋㅋㅋ 어쨌든 아빠~ 여기서 편지 줄일게.ㅜ.ㅜ 칸이 조금 남아서 밑에는 찢었어! 잘 읽었으면 좋겠고~

I LOVE YOU FATHER~.~   **2010년 12월**

4기's Birthday를 맞이한
엄마의 뽑껏 ♀♀

+ 영화♡

맛있는거♀

생긴4편광 ㅎ,

저보의 밥

에잇, 콧도나
맞지♀♀

음악

+ family

지아♡

이연운
ㅡㅡ

지마랑♡
놀까가

연한이♡

개성 ㅋㅋ

덤배곰이
야지

다음 생엔 내가 엄마가 돼서
꼭 더 사랑해줄 거야

To. 지영희 엄마에게 ♡

엄마 안녕, ㅋㅋ 나 또 왔어!

무언가 말이 이상한 것 같긴 하다가 갑자기 생각난 건데. ㅎㅎ

가족이기 때문에 더 상처받을 수도 있는 거잖아. 또 가장 큰 사랑을 받을
수도 있는 거고. 우리도 서로에게 상처받고 맘 상한 적 수없이 셀 수 없이
많았고, 앞으로도 있겠지만 심하게 그러진 말자.♡ 3초 뒤 돌아서면 미운
거 다 없어진달까. ㅋㅋㅋ

딸 하나는 기가 막히게 잘 둔 우리 엄마, 생일 축하드립니다~~

답례로 내일 한번 안아줘, 엄마~

내가 얼마나 사랑하는지 알지? 말로 표현 못하니까 ㅜ.ㅜ ♡♡ 항상 건강해
야 해! 불사신이라도 돼서 나 매일 스타킹 신겨줘야 돼! 사랑해 엄마.

•

2009년에 내가 왕따도 되보고, 왕도 되보고, 이사 가고, 민석, 초롱, 다현
등 진정한 친구도 사귀어보고, 사고도 치고, 담배·술도 해보고, 끝내 정신
차려 고잔동으로 이사를 왔지. 그리고 2010년에 보미, 지성, 수진이를 사귀
고 사춘기도 겪고 처음으로 제대로 된 엠플러스 학원도 다니고, 엄마는 은
정이 이모를 알게 되었지. 2011년에 학교가기 싫다는 말을 달고 다녔으며

새 친구, 새 무리를 사귀고 엄마랑 명동, 홍대 등을 처음 가봤지, 살도 죽을
듯이 빼었고 운동도 했지. 인간 승리~! 2012년에 수십 번 진덕사를 방문
했고, 강남을 다녀왔고, 3학년이 된 나는 처음으로 고등학교의 부담을 느꼈
고, 처음으로 그렇게 많은 선물을 받아보고 울고, 남현철이라는 아이도 알
게 되고. 엄만 갱년기, 방광염 등이 와서 우울해했지. 앞으론 셀 수도 없이
많은 아픔, 기쁨, 행복을 평생 같이 할꺼구, 친구처럼. 가족과 같이 항상 아
끼고 사랑할거지.~~♡ 나는 딸, 엄마는 엄마로서. ♡

•

엄마 안녕.ㅋ 한 일주일 전부터 이 스케치북 편지를 준비했어. 어때, 정성
이 느껴져? 감동은 받았나 모르겠다. 엄마 생일 챙겨준 적이 제대로 된 건
한 번도 없었던 것 같은데 강원도 할머니한테 돈 받은 거랑 이것저것해서
챙겨줄 수 있어서 얼마나 기쁜지 모르겠다. 엄마가 한두 번? 내가 이거하고
있는 걸 봤을 텐데 눈치 챈 건 아닌지 걱정이 되네. ㅋㅋ
16년 동안 지아 키워줘서 고마워. 엄마 덕분에 행복해. 속상해서 싸우고 운
일도 수십 번이지만~, 맛있는 거 먹고 영화도 보고 남들은 못하는 진지한
애기도 하고 엄마 딸로 태어나서 다행이라고 생각해. 난, 다음 생엔 내가
엄마가 돼서 꼭 더 사랑해줄 거야. 엄마가 나를 위해 희생하고 지금도, 앞
으로도 해줄 끝없는 사랑을 이렇게 해서나마 조금이라도 갚고 싶어. 나도
나이 먹고 대가리 크고 서윤이 언니처럼 엄마한테 더 상처 줄지도 모르겠
지만 그때마다 이걸 생각해줘! 이것도 사실 엉성하고 많이 부족하지만. ㅋ

ㅋㅋ 이제 공부해야 되니까 싫고 막막하당. ㅠㅠㅠ 그치만 어쩔 수 없는 거겠지!! 열심히 공부할게. 마니마니 사랑해 엄마.♡ 그리고 진심으로 생일 축하하고. ^^

•

이 편지들을 쓰면서 전체적으로 우리 가족에 대해 다시 생각해 볼 수 있었음. 이혼하고 나 키우느라 얼마나 힘들었을지, 담배 피고 술 먹고 불량하게 다니는 나 보며 얼마나 슬펐을지 등등…. 많이 미안해. 그치만 앞으로 천천히 갚아낼 꺼니까 걱정하지 마, 알겠지? 세상에서 가장 사랑해. 엄마 생신 축하해요.♡ 어디 몸 아프지 말고 평생 죽지 말구 살아! 나랑 같이 죽어. ㅋㅋㅋ 엄마 없인 아무것도 못하는 나 두고 일찍 가면 안 돼~ 사랑해. ♡

2012년 7월

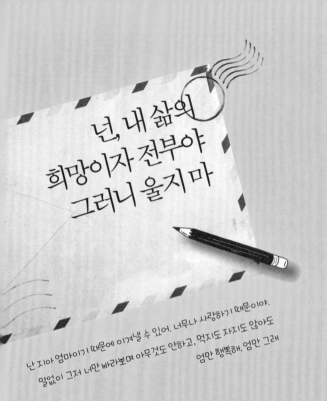

넌, 내 삶의
희망이자 전부야
그러니 울지마

난 지아 엄마이기 때문에 이겨낼 수 있어. 너무나 사랑하기 때문이야.
말없이 그저 너만 바라보며 아무것도 안하고, 먹지도 자지도 않아도
엄만 행복해. 엄만 그래

너의 웃음소리에 행복을 느끼고, 너의 눈물에 아픔을 느껴

지아 보아라.

엄마가 지금 지아 나이 땐 무엇을 고민하며 살았나 생각해 본다. 다시 그때로 돌아가라면 난 단언컨대 싫다고 얘기한다. 행복은커녕 불행했던, 그리고 나에겐 가혹했던 기억들이 새삼스레 치가 떨려서…. 웃어주며 반겨주는 엄마도 없었고, 따뜻한 저녁도 없었고, 잠자는 것조차 불안했던 내 10대의 세월들이 어쩜 지금의 나를 만들었는지도 모르지.

지아에게 어떻게 이 많은 일과 아픔을 얘기할 수 있을까. 피하고만 싶었던 내 10대에 나를 위로해준 건 친구들과 첫사랑 제식이 삼촌이었단다. 친구들과 어울리면 잊고 싶었던 내 가정의 불행을 잠시나마 잊고 웃을 수 있었지만, 다시 돌아온 집에는 눈물과 더 참혹했던 시절들…. 그래도 나는 학교를 끝까지 놓지 않고 다녔던 이유가 뭐였나 생각해 보니 친구들이었던 거같다. 같이 울고 같이 웃으며 서로 위로를 주고받던 친구들…. 그 친구들이 참 소중하며 때론 미워하고 지지고 볶고 하며 세월이 흘렀지.

난 분명 우리 지아에게도 그런 친구들이 생긴다고 믿는다. 너에게 맞는 친구를 만나기란 참 어려워. 친구 사귀기가 공부하기보다도 더 힘들었어. 사랑도 운명이라면 우정도 운명이란다. 상대방으로 인해 내가 변화될 수 있기 때문이지. 지아를 아끼고 잘 알고 웃게 만드는 친구는 분명 좋은 친구일 거고, 그 친구를 만나기 위해 우리 지아가 힘들고 지쳐도 기다린다면 그 만큼의 분명, 꼭, 아름다운 우정을 키울 수 있을 거라 의심치 않아.

지아야. 내 딸 지아야.

어떻게 얘기해야 지아가 엄마 맘을 알아줄까. 너무너무 사랑하고 또 사랑하는 마음을…. 한순간도 너를 생각하지 않은 적 없어. 너를 무엇보다 아끼는 마음을 말야. 네가 원하는 모든 것을 해주고 싶고, 너의 눈이 되고 심장되어 네가 생각하는 그 모든 것이 되고 싶단다.

지아야.

엄마가 지혜롭지 못해서 미안해. 엄마가 부유하게 키우지 못해서도 미안하고…. 너의 마음을 이해하고 노력해도 다 알지 못해서도 정말 미안해…. 모든 것이 엄마 탓 같기도 하고 그럴 땐 어쩔 줄 모르겠어. 안절부절한단다. 너의 웃음소리에 행복을 느끼고, 너의 눈물에 엄마는 아픔을 느껴. 너의 존재가 얼마나 큰 힘이 되는지, 내 삶의 희망이 되고 내 전부임을 잊지 마.

지아야.

엄마도 이 나이가 되도록 마음 다스리지 못해 많은 실수와 많은 사람들을 실망시키기도 하지만 죽는 그날까지도 마음을 다 알고 완벽하게 사는 사람은 별로 없단다. 모두 다 그래. 부처도 예수도 맘 하나 다스리지 못해서 모두를 걸고 공부하고 희생한 거 같아. 그러니 지금의 이 모든 상황 힘들더라고 과감하게 용기 있게 이겨나가길 빌고 또 빈단다. '이 또한 지나가리라'는 말도 있듯이 '피할 수 없으면 즐겨라'는 말이 있듯이 지아가 힘내서 횟팅하면서 모든 잡생각들이 물 흐르듯이 사라지길 부처님께 빌게.

지아야.

위로받고 싶은 너에게 잔소리만 해대서 미안해. 뭐라 위로해줘야 할지 사실 잘 모르겠어. 널 안고 사랑한다는 말밖에는…. 엄마 딸이기 때문에 잘 해낼 거야. 그리고 난 지아 엄마이기 때문에 이겨낼 수 있어. 너무나 사랑하기 때문이야. 말없이 그저 너만 바라보며 아무것도 안하고, 먹지도 자지도 않아도 엄만 행복해. 엄만 그래.

지아야.

지금의 모든 시련이 앞으로 다가올 행복으로 바꿀 대가라 생각하고 좋은 일만 좋은 생각 많이 하면서 살자. 너에게 기둥이 되고 보금자리가 되어 줄게. 엄마도 많이 노력할게. 사랑해. ♡   **2014년 2월**

이젠 어엿한 고2가 되네

살 빼서 너무너무 이뻐진 딸 지아에게

울 지아, 엄마가 일해서 같이 놀지도 못하고 외로워하는 모습 안타까웠는데 친구들이랑 놀러도 다니고 그래서 조금은 위로가 되네. 그래도 미안한

마음 어쩔 수 없네. ㅜㅜㅜ 유미랑 잘 다녀오고 사람 조심 차 조심 항상 하고 휴지나 필요한 물건 잘 챙기고 전기제품은 다 끄고 나갈 것. 넘 많이 걷지 말고 양말 두 켤레 신고 나가. 오늘이 이 산모 마지막 날이라 가벼운 맘으로 일 간다. 물론 다음 주 월요일부터 또 다른 일 나가지만 말이야.

지아야.

울 지아도 이젠 어엿한 고2가 되네. 언제 그리 컸는지 엄만 대견스럽기만 해. ^^ 정말정말 대견하고 사랑스럽고 김연아보다 더 자랑스러워. ㅎㅎㅎ 사랑해, 지아야. 천만 번을 말해도 또 하고 싶은 말, 우리 지아 사랑해, 하는 말이야. 사랑해. ♡♡♡

2014년 1월 조금 통통한 엄마가 ㅋㅋㅋ

교복 입고 친구들과 재잘거리면서
추억 많이 만들어

지아에게

좋은 글이 있어 지아에게 써봤오.^^ 마음 한구석이 쓸쓸해지면서 왠지 자신한테 미안해지는 글이네. 요즘 조금 맘이 이상했거든. 아빠가 집에 있으면 엄마는 이상하게 날카로워지면서 불안하단다. 이런 불안한 마음이 너무 싫고 짜증나서 내 자신한테 막 화가 나.

지아야.

엄마도 한때는 문학소녀였고 아름다운 꿈도 있었어. 불우한 환경 탓도 있었지만 그 환경을 이겨내지 못하고 할머니만 탓했던, 과거의 어리고 철없던 나를 보고 있으면 후회스럽단다. 내 자신을 위해서 조금만 더 철저히 독하게 마음먹고 부딪쳐 보았더라면 후회나 없을텐데 해보지도 않고 도망가고 회피하려 했던 것이 참 슬프다.

근데 지아야.

이 모든 것들이 아무리 힘들게 해도 엄마는 이겨낼 수 있어. 왜 그런 줄 아니? 그건 우리 지아가 엄마 곁에 있기 때문이란다. 지아가 예쁘게 웃는 모습이라든지, 잠든 모습, 엄마~라며 부르는 목소리, 공부하는 모습…. 너무 너무 많지만 이런 소소한 모든 것이 엄마한테는 희망과 꿈같은 거란다. 너무 행복한, 너무 사랑스런 우리 지아의 모든 것이 엄마에게는 삶 자체다. 그러니 울지 마. 씩씩하고 명랑하게 웃으면서 홧팅해서 마지막까지 승리하는 마라톤 선수처럼, 힘들면 쉬어 가고 물도 마시면서, 행복하게 살자.^^

지아야.

지아야 내 사랑하는 딸 지아야. 천번 만번을 불러도 이쁜 지아야.

학창시절 교복 입고 친구들과 재잘거리면서 많은 추억 만들면서 지냈으면 좋겠다. 우정의 소중함도 느끼고 스승의 고마움도 배우면서 말야. 지아야.

엄마도 책 많이 읽고 생각을 깊이 할 수 있도록 할게. 사랑해. ♡♡♡

자신을 사랑하는
지아가 되어주길 바래

이 세상에서 가장 이쁘고 사랑스런 내 딸 지아야.

너의 잠든 모습을 바라보며 엄마는 새삼 추억으로 잠긴단다. 백일 때 큰소리로 웃던 모습도, 첫 걸음마를 할 때도, 엄마 소리를 또렷이 말하며 웃던 모습도…. 아~ 넘 많아서 일일이 못써도 너무너무 행복했단다.

요즘 시험이 다가와선지 유난히 혼자 있는 시간도 많고 우울해하는 것 같아서 말은 안 해도 걱정이다. 울 지아가 스트레스 받고 힘들어 하는 모습을 보면서도 도와주지 못해 엄마가 많이 안쓰럽고 미안해진단다. 울 지아가 고민과 걱정을 지혜롭게 이겨내길 맘속으로 빌고 있을 뿐….

지아야.

우리가 서로를 넘 사랑해서 가끔 피곤할 때도 있지만 가만히 생각해 보면 그것이 바로 행복이 아닐까 한단다. 엄마는 항상 너에게 더 잘해주지 못한 게 미안하고, 신경 더 많이 써줘야 하는데 갱년기 핑계로 혹시 울 지아를 내가 외롭게 하지 않았나 싶을 때도 있어.

친구들과 어울리는 것에 대해 걱정 넘 많이 하지 마. 좋은 친구라면 니 옆에 있어 줄 거야. 그게 누구든 나중에라도 알게 된다면 진심으로 다가가. 그럼 그 친구가 너에게 꼭 필요한 친구가 되어 줄 테니. 엄마가 중학교 때 전교 왕따였지만 웃음과 나만의 매력으로 전교 매력녀가 되었단다. 외롭다고 슬퍼하지 말고 그 외로움이 너에게 더 강한 힘이 돼서 이겨내 봐. 그럼

정말 멋지고 좋은 일이 생길거야.

지아야.

엄마의 바람이 있다면 자신을 사랑하는 지아가 되어주길 바래. 이 세상에서 정말 소중한 건 바로 자신이거든. 남 의식도 하지 말고 남 때문에 가슴 아픈 일을 겪는 그런 일이 많지 않기를 바란다. 물론 상처도 주고받기도 하는 것이 인생이지만 그래도 울 지아가 너무 많이 아파하지 않고 사람들과 살아갔으면 해. ^^

지아야.

엄마는 영원한 울 지아 편이야. 이 세상이 바뀌어도 울 지아는 지영희, 이 여자의 딸이지. 정말 정말 아끼고 사랑한단다. 힘내고 시험 최선 다하고 올 겨울방학 때 신나게 헬스하고 놀자. 알았지? 대박 사랑해. ♡♡♡

서로의 생각을 얘기할 땐 친구보다 더 친구 같은···

사랑하는 내 딸 지아 보아라.

지아가 써준 편지를 읽고 눈물이 나오려는 걸 참았다. 고맙고 너무 미안해. 엄마가 지혜롭지 못해서 우리 딸을 잘 보살피지 못한 게 아닌가 하는 생각, 항상 마음에 걸렸어. 부처님에게 빌고 싶어서 할머니와 절에 가서 빌고 또 빌었어. 우리 지아 제발 건강하고 지혜롭게 해달라고.

엄마는 오로지 울 지아 생각뿐이야. 엄마로서 아내로서 딸로서 다 잘하고 싶지만 엄마도 사람이다 보니 짜증 부리게 되지. 하지만 정말 모두 다 사랑 한단다.

지아야.

울 지아 태어나서 걸음마 배우고, 말하고 유치원 다닐 때 생각하면 엄마는 참 행복해. 이렇게 커서 엄마와 대화를 나누며 서로의 생각을 얘기하고 어 떨 땐 우리 지아가 친구보다 더 말도 잘하고 상황파악도 잘해. 그래서 넘 좋아. 지아가 엄마의 성격을 푼수 같다 하지만 엄마는 그것도 좋아. 우리 지아가 엄마를 걱정해주는구나, 그런 생각에 또 행복하고….

지아야.

많이 힘들지, 짜증나고. 엄마도 그랬던 거 같아, 이유 없이 슬프고…. 불우 한 가정 속에서 엄마는 중학교 시절을 넘 힘들게 보냈단다. 집에 오면 아무 도 없고 철우와 금선이는 각자 나가서 친구랑 놀고. 엄마는 그런 동생들이 많이 걱정됐지만 그땐 엄마도 너무 어려서 자신 하나만으로도 힘들어서 우 울했지. 그래도 하나 잘한 건 웃음으로 모든 걸 넘겼던 거 같아. 웃음도 슬 픔도 지나고 나니 좋은 친구도 생기고 애인도 생기고 그러다 보면 또 세월 은 흐르고….

우리 지아, 이쁜 지아. 사랑해, 넘 사랑해, 알았지?

다 변해도 엄마가 지아를 사랑하는 마음 변하지 않는다는 걸 꼭 알아주길 바래. 우리 힘들지만 힘내고 서로 아껴주며 지내자.

생각의 폭이 넓고 상상력도 풍부해 깜짝 놀랐어

딸래미 지아 보아라.

소설 다 읽고 가보니 벌써 잠이 들어 있네. 코까지 골면서 안경도 안 벗고 말야. 드라마 보느라 엄마가 좀 늦게 갔더니 대박 미안해. 뿌이뿌잉^^

지아야.

우리 딸은 정말로 소설에 재능이 있는 거 같다. 표현하는 수준이 여느 소설가보다 강하고, 멋지고, 슬프단다. 지아가 그런 생각이나 단어들을 어떻게 알았을까 궁금하기도 하고 놀라기도 해. 책을 많이 읽고 영화도 많이 봐서 그런 걸까 생각해본다. 뭐 물론 여러 가지가 있겠지만 생각의 폭이 넓고 상상력도 풍부한 감성도 있겠지. 이 소설은 삼각관계의 슬픈 얘기네. 정우와 서연이 그리고 진영이.

서연이가 꼭 옛날 엄마 같다는 생각 잠깐 했음. 술 마시면서 울고불고 했을 때. ㅋㅋ 지나간 세월이지만 그땐 꼭 죽을 것 같이 아팠지…, 서연이가 진영이를 얼마나 사랑했는지 그 이유와 설명과 표현이 넘 좋았어. 진영이가 서연이를 사랑하는 마음이 더 슬펐으면, 더 강조했다면 좋을 것 같고. 왜 서로 엮이면서까지 그렇게 오랜 세월 지내왔는지 궁금해지네. 욕은 안 썼으면 하는데 필요하다면 다른 표현으로 해주길. ㅎㅎ

지아야.

오늘 많이 심심했지? 정말 미안해. 앞으로 어쩐다냐. 아휴, 걱정이다. 그래도 혼자 걷고 운동하는 거 보면서 정말 대견해했단다. 18일까지만 참고 있으면 신발, 외투, 회, 다 사줄게.

I love jia ♡♡♡

태풍과 비바람이 몰아치면
엄마가 방어막이 되어 줄게

사랑하는 내 아기 내 딸 지아야….

성숙된 지아를 바라보며 엄마는 넘 대견해했단다. 마음의 표현을 말로 잘 엄마를 이해시키는 게 참 이뻤단다. 물론 슬프고 외로운 얘기였지만….

지아야.

앞으로 다가올 너의 삶이 힘들고 너를 괴롭혀도 참고 견디면서 이겨내기를 부처님께 기도할게. 친구들과, 애인 그리고 가족에게 때론 행복을 느끼면서도 그들에게 또한 상처도 받는단다.

사랑하니깐 상처가 되는 거지…. 그럴 때 넘 슬퍼하지 말고 좌절과 자학도 하지 말고 너만의 마음의 상처를 치유할 수 있는 방법을 생각해서 지혜롭게 헤쳐 나가길 빌게. 살면서 느끼는 숱한 외로움이 너에게 약이 되어 오히려 강한 어른이 되길 빌어.

지아가 올바른 길로 가는 데 엄마가 다리가 되어 도와줄게. 비가 오면 우산이 되어 주고 싶고, 눈이 오면 따뜻한 옷이 되고 싶고, 태풍과 비바람이 몰아치면 엄마가 방어막이 되어 줄게.

울 지아 힘내고, 웃고 즐겁게 생활했으면 해. 봄방학 때는 꼭 우리 둘이서 부산 가자. 회도 먹고 해운대, 태종대, 절에 다니자.^^

지아야.

네가 슬프면 엄마도 슬프고 지아가 웃으며 엄마는 세상이 다 행복한단다. 우리 서로에게 웃음이 되어주는 모녀가 되자. 사랑한다.♡

나의 친구,
나의 친구들

고2, 우리 여섯이 뭉치고 맞는 첫 친구 생일이야

Dear. 지아 씨~

지아야, 아늉~! 생일 축하해!! 우리가 비록 만난 지 한 달밖에 안됐지만 그 짧은 기간 동안 너랑 친해져서 정말 좋았어! 사실 우리가 토요일 날 만나면 편지랑 선물 주려 했는데 아무리 생각해도 아닌거야. ㅜㅜ 생일 당일날 줘야 제 맛이지! 생일날 안 만나는 것도 아닌데…. 그래서 어제 애들이랑 우리가 계획했던 너의 선물을 사왔지.~ㅎㅎ 편지도 사실 어제 쓴 거야. 지금 쓰고 있지만 어제라고 할게, 내일 읽을 테니까. ㅎㅎ 우리가 네가 뭘 좋아할지 몰라서 몇일간 너를 잘 관찰한 끝에 몇 개 선정해서 산 건데 마음에 들지 모르겠다. 근데 혹시 긴 편지 싫어하지는 않지? 내가 편지 잘은 못 쓰지만 편지 쓰는 거 좋아하고 꾸미는 것도 좋아해서.ㅎ 부담스러워 하진 마! 내가 좋아하는 일이야~.

지아야, 어젯밤에 네가 카톡으로 보낸 글 보고 정말 감동받았어. ㅜㅜㅜ 네가 전에도 한번 말한 적 있지만, 나 사실 전엔 혹시 지아가 나 별로 안 좋아하나? 내가 혹시 뭐 마음에 안 드는 행동했나? 내 성격이 이상한가? 한 적도 있는데 이제는 정말 너의 진심을 알았어! 난 이해할 수 있어. 누구에게나 종종 힘든 시간이나 때가 있지. 나도 가끔 그러거든. 그러면 나도 모르게 뭔가 짜증도 많이 내는 것 같고 감정기복도 심해지고…. 하지만 우리 서로서로 이해하면서 잘 지내보자! 너, 나뿐만 아니라 다른 애들도 이런 걱정을 하더라구. 이래서 진심어린 대화가 필요한가 봐. ㅎㅎ

우리가 아직은 좀 어색한 감이 있더라도 우린 진짜 친해질 수 있을 것 같아! 물론 지금도 친하지만! 학기 초 너는 유쾌하기도 유쾌했지만 언제나 너의 진심이나 얘기도 많이 해주고 내 얘기도 잘 들어주고 해서 참 착한 애구나 생각했지…. 그리고 아직은 너의 모든 걸 알 수 없지만 같이 다니는 친구나 말투 행동을 보면 그 사람을 조금은 알 수 있듯이 너의 주위엔 친구도 많고 다양한 성향의 친구들이 널 좋아하는 것 보면 성격도 정말 좋은 것 같아! 그래서 더 내가 학기 초에 너랑 너무 친해지고 싶었어. ♡

그리고 우리가 여섯 명 뭉치고(?) 여튼 고2 올라와서 맞는 첫 친구 생일이라 너무 과하게 준비했을 수도 있는데, 우리가 하면서 너무 뿌듯하고 좋았어. 그러니까 부담 갖지 마 절대! 어쩌면 마음에 안 들고 별로일 수도 있지만. ㅎ 우리 수학여행 가서도 재밌게 놀고, 수학여행 때 진짜 완전히 친해지장. ㅎㅎ 아, 근데 지아야, 다이어트 중이었지…? 지금 생각났네. 그것도 모르고 케이크도 큰 거 사고 쿠키도 샀는데. ㅜㅜ

그래도 선물이니까 다 먹어야 해. ㅎㅎ 디룩디룩 살쪄도 귀여울 거야, 넌. ㅎㅎ(우웩!) 다이어트는 내일부터~! (언제나 이 공식은 변함없지.. 넘 슬프다) 딱 오늘만 먹고 다이어트 꼭! 성공하길 바래. ㅎㅎ 그리고 지아야, 몸이 왜 이렇게 약해. ㅜㅜ 내가 다 속상하네.. 고2 올라와서 너무 무리하는 건 아니지? 건강 관리도 잘해! 다이어트 해도 밥 잘 먹구~. 우리 나이는 체력싸움이잖아!! 나 어제 너 선물 사러 간다고 담임 쌤한테 방과후 빼달라고 그랬다 혼났어. ^.^ 결국 방과후 끝나고 갔음.ㅋㅋㅋ 졸랐는데도 안 통했어. ㅋㅋㅋ 아, 어제 진짜 방과후 하기 싫었는데. ㅜㅜㅜ 근데 우리 애들 진짜 착하다, 나 방과후 끝날 때까지 기다려줬어…. ㅎㅎ 이쁜 것들. ㅋㅋㅋ 고2 올라와서 친구 정말 잘 사귄 것 같애~. 게다가 좋은 점은 우린 짝수야~. ㅎㅎ 홀수는 정말 싫더라. ㅋㅋ

그리고 지아야! 내 생일 기대할게~^^(농담이야::) 난 선물 중에서 편지가 제일 좋거든. 그래서 정말 열심히 준비했는데 편지도 마음에 들지 모르겠다. ㅎㅎ 근데 꼭 다 읽어줘. ㅜㅜ 지난번에 베프한테 엄청 길게 편지를 써 줬는데 걔가 안 읽었어…. 이제 이 편지가 막을 내릴 때가 온 것 같애..너무 슬프지? 나도 슬퍼…. ㅜㅜ 근데 내가 너무 이거 말했다 저거 말했다 너무 정신없지…. 알아서 잘 읽어줘~. ㅎㅎ 그리고 평일이라서 내가 완벽히 준비 못한 점 이해해 줘.

마지막으로 진짜 생일 추카행 ♡ 우리 진짜 잘 지내고 어른 되서도 연락하고 친하면 좋겠다. ㅎㅎ 안늉~뼈2

되게 못돼게 생김→
좀 닮았니?ㅎ
내가 그림을 좀 잘 그려~ From. 혜리닝

정말 울고 싶을 때 항상 옆에 네가 있었는데!

To. 정지아

지아야, 4월 2일 드디어 너의 생일이구나. ✕ 뭐..너는 화장 잘하니깐 화장품 선물하면 쓸데없이 나뒹굴 것 같아서 그냥 휴대용 파우치로 준비했어. ㅜㅜㅜ 쫌 sexy한 걸로 준비했는데 맘에 안 들면 어쩌지??? ㅎㅎ 박스가 넘 작아서 과자도 많이 못 넣어줘서 미안해. ㅜㅜㅜ 너는 정말 필요한 걸 해주고 나한테 감동의 편지도 써줬는데 나는 달랑 이 편지 하나라니…자!! 우리 이제 공부도 열심히 해서 꼭 좋은 대학 가자구!! 오늘 학원 끝나고 바로 준비한 거다….

맘에 안 들면 말행. ♡♡ 다음엔 좋은 걸로 해줄게. 여보양~~

요즘 공부 땜이라든지, 애들 관계라든지…, 안 좋은 일 있으면 나에게 말해줘. 맨날 나만 상담하는 것 같아서. ㅜㅜㅜ 힘들면 음악도 좀 듣고 그래….

지아야, 우리 지금 2학년까지 합하면 5년 친구다. ㅋㅋㅋ

나는 정말 울고 싶을 때 항상 옆에 네가 있었는데! 너 혼자 고민 말고!! 그래도 우리 1년은 잘 버텼잖아! 나, 4월에 야자 신청했다! 너는 ㅎㅎ 더 당당하게 넌~♬♪ 미스터 미스터 ㅎㅎ 우리 우정 ㅋㅋ(오글) 평생 가자, 사랑하는 거 알G? 우리 졸업만 하면 당당하게 hope 집으로 go! 그동안만 꿈을 향해 달리자!!

From 문지성*세월호 참사 희생자. 《금요일엔 돌아오렴》에 나오는 친구

열여덟 살이 되니까 되게
생각이 많아지는 것 같다, 그치?

To. 찌아찌~♥

빰빠빰빰빰빰빰~ 축하합니다. 지아의 생일을 축하합니다. ^^~

찌아야! 생일 축하해!!! 2학년 들어와서 너 만난 지 벌써 한 달이 지났구나. ㅋㅋ 시간 진짜 빠르다. ㅜㅜ 음…지아야 그리고 내가 너한테 하고 싶었던 말은 어제도 말했지만 먼저 무슨 일 있냐고 물어봐주고 걱정해줘서 고마웠어~~! 그리고 확실히 고등학생이 되고 열여덟 살이 되니까 뭔가 되게 생각이 많아지는 것 같다, 그치?(나만 그런 건가…;;ㅎㅎ)

암튼 지아야, 우리 지금 각자의 상황에서 많이 힘들지만 그래도 이겨내 보자! 시간이 약이라는 말도 있잖아. ㅎㅎ 그리고 내가 요즘 누가 장난을 치고 그러면 뭔지 모르게 짜증날 때가 있더라구(너 아니야!). 근데 기분 나쁜 걸 얘기를 못하겠구, 그냥 나 혼자서 끙끙댄다고 해야 하나? 아무튼 좀 그래서. 그 부분에서 또 생각이 많아지고 그러면서 혼자 속도 상하고 내 자신한테 답답한 거 있지. ㅜㅜ 너도 공감하려는지 모르겠다. ㅋㅋ

아 근데 너의 생일인데 내 속마음을 얘기하다 보니까 편지 내용이 너무 우울해지는 것 같다(생일 편진데 미안하오..ㅎㅎ;;). 아무튼! 그래서 결론은! 서로 각자의 상황을 잘 이겨내보구용 〉◡〈 웅키?!

생일 진심으로 축하하구, 항상 파이팅!!♥♥♥

찌아 친구 찌윤이♡*세월호 참사 희생자 김지윤   **2014년 4월 2일 수요일**

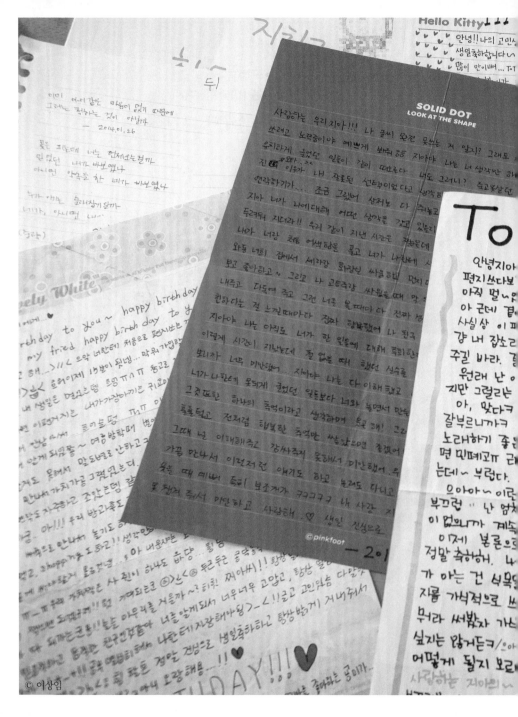

HAPPY BIRTHDAY

생일축하합니다 ~ 생일축하합니다 ~ 사랑하는 정.지.아 생일축하합니다 ~~!!! 우와아아!! 안녕 지아야 난 너희사랑 나의사랑
정아찌공래 쿵ㅋ~<ㅋㅋㅋ 2013.4.12 음력으로는 3월3일!! 너의생일이지!! 너한테 받은게 워낙 많아서 더 크고 좋은 선물을

나, 친구 잘 됐다 싶었지!

사랑하는 우리 지아!!!

나 글씨 완전 못 쓰는 거 알지? 그래도 최대한 예쁘게 쓰려고 노력 중이야. 예쁘게 봐 줘. ㅎㅎ 지아야, 나는 너 생각만 하면 그때 내가 유치하게 굴었던 일들이 같이 떠오른다… 너도 그러니? 죽고 못살던 우리 사이가 틀어진 이유가 내 잘못된 선택이었다고 생각하니 마음이 너무 아파. 그래서 먼저 연락하기가… 조금 그랬어. 상처는 다 줘놓고…. 에휴. ㅜㅜ

지아, 너가 나에 대해 어떤 생각을 갖고 있을지…. 알지 못하니까 연락하는 게 두려워지더라!! 우리 같이 지낸 시간은 짧은데 쌓은 추억이 너무나도 많잖아! 내가 너랑 처음 어색함을 풀고 네가 나한테 사랑에 빠졌을 때 기억나?+.+ 와동 너희 집에서 세라랑 화장실 싸움하고 먼지 떼는 끈끈이? 같은 거 돌아가는 거 보고 좋아하고~. 그리고 나 고승주랑 싸웠을 때 막 우니까 달려와서 네 일처럼 화내주고 다독여주고. 그런 너를 볼 때마다 진짜 성숙해 보이기도 하고 내가 너랑 친하다는 걸 느낄 때마다 진짜 행복했어. 나, 친구 잘 됐다 싶었지!ㅋㅋㅋㅋㅋ♡♡

지아야, 나는 아직도 네가 한 일들에 대해 후회한다고 했을 때 마음이 찢어지더라. 이렇게 시간이 지났는데 철없을 때 했던 실수를 아직도 생각하며 힘들어 하는 거 보니까 너무 미안했어…. 지아야, 나는 다 이해했고 이제는 정말 아무렇지 않아.

네가 나한테 못되게 굴었던 일들보다 너와 놀면서 만든 추억이 더 많이 생각나고, 그것 또한 하나의 추억이라고 생각하며 웃곤 해! 그러니까 미안해 하지 말고 서로 훌훌 털고 전처럼 행복한 추억만 쌓았으면 좋겠어. ♡ 그리고 다시 한 번 사과할게. 그때 널 이해해주고 감싸주지 못해서 미안했어…. 아무튼 이게 다 잊고!!! 가끔 만나서 이런저런 얘기도 하고 놀러도 다니고 하자! 지아, 너는 밝게 웃을 때 예뻐. 특히 보조개가.

ㅋㅋㅋㅋㅋ 내 사랑 지아야~~~ 생일 제대로 못 챙겨줘서 미안하고 사랑 해.♡ 생일 진심으로 축하해!! 라뷰~~>.<

2014년 4월 5일 별이가

수학여행 전에 옷 사러 가자!

To. 정지아

미안해, 지아짱. ㅜㅜ 당일에 생일 축하한다고 말 못해줘서 계속 마음에 걸렸 어. 와이파이가 안되서 카톡이랑 페북도 못하고 문자를 생각 못 했어. 내가 그렇지 뭐, 설마 많이 서운해하고 계속 생각해하고 있지 않았는지 계속 신 경 쓰여서. ㅋㅋ 오늘 유미랑 놀러 갔다온 건 재밌었나 모르겠다. 어제 공 부방 끝나고 집 가다가 정원이랑 마주쳤는데 너 만나러 간다 해서 괜히 내 가 너무 찔렸어. ㅋㅋ 당일에 못 챙겨줘서 진짜진짜 미안해!

그리고 지금까지 나랑 잘 지내고 큰 싸움 없이 친구로 지내줘서 너무 고맙다. ♡ 앞으로도 계속 이렇게만 지낼 수 있으면 더 바랄 게 없을 것 같아.
더 자주 놀러가고 더 자주 만나면 더 좋고. ㅎ 너랑 나랑 따로 놀러간 적이
없는 것도 너무 아쉽다. 벌써 만나지 4년인데 둘이서만 놀러간 적이 없는
게 신기하기도 하고. ㅋㅋ

괜찮아, 그래도 앞으로 살날도 많은데. ㅋㅋ 나랑 친구 안 할 건 아니잖아?
앞으로도 계속 친구할 건데. 차차 추억 만들고 제대로 찍은 사진도 별로 없
는데 앞으로 사진도 많이 찍고 같이 맛집도 찾아 다니구. 꼭 멀리 안 가더
라도 화랑유원지나 한 바퀴 돌면서 얘기도 하고, 곧 가는 수학여행 전에 옷
사러 이대를 가던지 다른 데로 가던 갔으면 좋겠다. 엄마가 돈 주실 거 같
은 feel!이거등. ㅋㅋ

개인적으로 13일에 갔으면 하는데 니 생각은 어때? 설마 그때 약속이 있
는 건 아니겠지? 그래, 없겠지. 설마 있겠어? 가서 맛있는 거도 좀 먹고. 난
처음 가는 서울 나들인데 그것도 너랑 with you기념으로 사진도 왕창 찍
자! 선물은 정말 고심하다가 원래 선물은 자기가 받고 싶은 걸 사주는 거라
길래 은은향이 나는 사람이 될 수 있는 ㅋㅋ 향수를 골라봤어. 요즘 향수에
꽂혀서 향수가 갖고 싶더라고. 향수는 처음 사는 거라 좋은 거 같기도 하고
잘 모르겠어. ㅜㅜ

그래서 겟잇뷰티도 참고하고 제일 잘 나가고 너무 진하지 않고 은은한 향
으로 골랐는데 향이 니 맘에 들었으면 좋겠다. 이제 곧 여름도 오는데 살짝
씩 뿌려주면 좋을 거 같아. 잘 썼으면 좋겠다. 헐, 오늘 전해주려 했더니 오
늘 공부방 9시에 끝나는 날이라 이거 쓰고 주려 했는데…, 아직도 중앙동이

라니. ㅋㅋㅋ 아쉽지만 내일 줘야겠네. ㅋㅋ 생일 축하하고 당일에 말했어
야 됐는데 진짜진짜 축하해! 내일보자 나의 사랑하는 동무야. ㅋㅋ ㄸ앙
I Love You so much♡

From 김슬기*세월호 참사 희생자

넌, 내가 가장 힘들 때 고민을 털어 놓고 싶은 친구야

안녕, 지아야!

12시가 지나고 너의 생일날이 되었어. ♥ 와 ~ 추카추카!!! 음..우선적으
로 얘기하는 데 절대적으로! 이 편지를 다~읽은 다음에 양말에 있는 끈
을 풀던지 해야 돼!! 절.대.적.으로 ㅋㅋ 꼭꼭꼭 지켜야 되효~.).〈 한 가
지 정말 정말 미안한 게 있는데…Big 편지지에다가 못써줘서 미안해. ㅜㅜ
내가 정말 계속해서 반복적으로 말했듯이 편지를 잘..못쓰자녀. ㅎㅎ 대신
에 내 딴에는 쫌..머랄까 전과는 차원이 다른 아이디어를 내봤어♥ 편지부
터 선물까지 다 내 정성이 전보다 훠배훠배 마니 들어가 있어)w〈알징? 그
러니까 '월'요일날 꼭!! 내가 준 양말 신고 와~♥안 신고 오면 ♡이거야-_-
베뤄베뤄 실망할 거 가타…. 진짜 꼬오오옥 신고와요, 쟈기얌︵‿︵
아!!! 내가 양말에 포장지를 싸지 않은 이유는 양말은 절대 NEVER 메인

조선 최고의 미인 햄쥐

그 동안 잘지내었소 낭자. 나는 그대가 연모하는 정어니라하오.
낭자가 三月 二十四日이 탄생일이라하여
이렇게 편지를 쓰게되었소. 비록 이 편지가 낭자에게
닿지 아니하고 없어질 수도 있으나 그대의 탄생을
축하한다는 것만이라도 알아주었으면 하오.
멀리 떨어져있어 선물을 주지 못하니 옛 기억 속의 낭자를
떠올리며 초상화를 하나 그려 보겠소.
실망했으면 미안하오. 나의 농이었소.
앗, 오랑캐가 쳐들어 올듯하오.
매우 그리울 것이오. 사랑했소 낭자.
다음 생에 다시 만났으면 좋겠소. 그럼...

햄
쥐
오.

이거 우리 동네 앞돌에서 발견한잔여 조선시대때 쓰여진
편지인거같아. 내가 우연히 발견해서 읽어봤거든? 뭐 낭
자랑만 낭자나 잘나서 강조도 조여봤는데 정어니란 정어
이 당꼬배에 껴서 죽었니 여인 행복은 어떻 죽었니 아니라
같아봐. 그대비 이언 시간 흐르고 햄찌의 생이 이뤄진 어쪼래
서 이뤄나네. 그치라 고려를이언나 편지는 쓰님데 오랑캐가 쳐
들어오고있어서 간직하자도 못해 중같나봐꼐 있는지??
뭔 그렇 시간같은 건같은데. 좀 묘한 편면 들 좀 나같고
같아서 이렇게 놀어 봤단다!! 이거 파면면 (00억쯤 나온거나?)
-정현

그대의 미모를 한번이라도 보고 죽을수 있다면..

-정어니-

1636.3.24

선물이 아니기 때문이다. 양말은 포장지 용도로 생각하면 돼요~. 포장지도 참 이쁘지?? 내가 되게 갖고 싶었지만, 내 눈에는 가장 예뻤지만 너의 생일이니깐 너 선물로 주는 거야. ㅠ^ㅠ 기뻐해라! 난 유혹을 뿌리치는 노력을 보여주었어!!! 지금 한번 쭈우욱 훑어보니까 되게 읽기 힘들겠다. ㅎㅎ 다음 생일편지에는 꼭 줄 간격 딱 맞춰서 잘 알아 볼 수 있게 써줄게 ♥ 이제 편지 쓰는 법도 익혀야겠어!

이번 편지 아니, 생일은 중학교 마지막 학년의 생일이니까 기념으로 1,2,3학년을 쭉~ 되짚어 보면서 너에 대한 생각과 감정들을 쓸게. ㅋㅋ 1학년 때 너를 처음 봤을 때 솔직히 아무것도 기억이 안나. 첫인상, 생각 등등. 그땐 내가 약간 혼란스러워서 차마 반 아이들을 살펴보고 느낄 겨를이 없었거든. 그러다가 우리가 같은 척추측만증이라는 아픔을 겪고 있다는 것을 알았을 때 동질감을 느꼈고, 체육시간에 스탠드에 앉아서 여자애들끼리 얘기를 하다보면 너는 신기한 것을 많이 알고 있다고 생각했지.

1학년 2학기 중간쯤엔가? 하여튼 1학년 때 쯤에 너가 나한테 좀 차갑게 대한 걸로 기억해. 그래서 네가 나를 싫어하나보구나, 하고 생각한 적이 있었어. ㅎㅎ 그렇게 1학년이 지나고 2학년, 같은 반이 되었을 때 네가 같이 다니자고 그랬었잖아. 사실 되게 조금 이해가 안 갔어. 우리가 잘 나가지도 않고. 그런데 네가 좀 잘 나가고 얘들이랑도 거의 친해 보이는 다은이랑 다니지 않고 우리들이랑 어울린다고 해서 진짜로 이해 안 가긴 했는데 싫지는 않았지. ♥ 다만 후회하지 않으면…하는 마음이 있기는 했어. 솔직히 툭 까놓고 얘기해서 다은이랑 같이 어울려 노는 게 너의 대인관계 형성에

는 더 좋을 거 같잖아, 가 아니라 좋지. 지금에서 생각해보면 같이 놀자고
한 거에 감사해. ♥

친구로서, 네가 정말 훌륭하다는 것을 2학년 때 더 많이 친해지면서 알게
되었고, 이 편지를 쓰면서 또 새삼 느끼게 되네. ^_^* 내가 가장 힘들 때 고
민을 털어 놓고 대화하고 싶은 친구. 또 고민을 잘 해결해주는 친구가 너
고, 네가 그런 사람이 될 수 있는 것, 되는 것이 난 너무 부럽다. 진심으로
나 편지 쓰면서 약간 진지하고 그런 얘기 쓴 거 처음인 거 같아.

뭔가 내가 너의 편지를 쓰면서 네가 탄생한 일에 대해 너무 감사하고 감동
적이어서 눈물 나올 거 같아. ㅋㅋ 음력 3월 3일, 양력으로 3월 24?일 나의
소중한 친구 정지아가 태어나 16년 동안 험한 세상을 잘 살아주어서 고맙
고, 정말 정말 축하해~♥♥♥ 3학년도 잘 지내고 그렇게 죽을 때까지 평생
을 친구로 지내자. ♥

죽어도♥ 환생해도♥사랑하는 정지아가 사랑하는 정원이가 사랑하는 정지
아에게 씀♥

2012년 3월 24일

진심으로 널 걱정해주고
네가 잘되길 빌어주는 친구 만나!

지아 족장님(회장님)이자 나의 엄마에게.

우리 지아 엄마, 안녕. 난 정 여사의 딸이야, 엄마. 먼저 제일 먼저 하고 싶은 말은 난 엄마가 이 세상에서(우리 진짜 가족과 초등생 때부터 된 친구들과 몇몇 아이를 제외하면) 젤 좋고 또 짱 완전 최고야. 나는 지아 엄마가 아프면 따뜻한 말은 못해줘. 그래도 하루 종일 걱정은 돼. 그러니까 너무 섭섭하다거나 서운해 하지는 마라.

아직 1년 되려면 몇 달이 더 남았지만 1년이라 치고 보면 그렇게 많이 우리가 같이한 게 없는 거 같아. 그래서 좀 후회도 돼. 1년이란 시간이 흐르면서도 실감이 안 난다. 이제 우리가 고등학생이라니 조금만 더 일찍 친해졌더라면 얼마나 좋았을까도 생각하게 된다. 좀 더 일찍 친해졌더라면 같이 한 게 좀 더 많았겠지? 세월이 참 빨라. 이제 곧 방학이다, 졸업이다 해서 고등학생 돼서도 우리는 같은 학교가 아니라서 많이도 못 만나겠다, 그치?? 그래도 연락은 꾸준히 할 수 있었으면 좋겠어.

3월 3일은 나랑 만나는 날이니까 다른 약속 잡으면 절대 안 된다, 알겠지!! 그리고 많이 울면 안 돼. 고등학교 가서 울면 내가 옆에서 위로해주고 말도 해주고 다독여주고 같이 슬퍼해줄 수가 없잖아. 그렇다고 고민 있는데 마음속에 끙끙 앓고 있지 말고 막 주변 친구들한테라도 표출해내야 돼. 나도 마음속에 담아놓고 혼자 울기도 해봤는데 그러면 너무 아파. 마음이 너무 아파서 눈물이 더 나와 오히려 역효과만 만들어 내고 부모님 걱정만 시키고.

그리고 고등학교 가서 친구도 잘 사귀어야 돼. 너의 고민도 털어 놓을 수 있고, 그 친구도 너에게 고민을 털어놓을 수 있는 친구. 너의 미래를 진심으로 걱정해주고 조언도 해주고 같이 생각해주는 친구들도 좋고. 너무 막 곁에서는 실실 웃고 좋아 이러는 애 만나지 말고 말은 막 해도 속으로는 진심으로 널 걱정해주고 네가 잘 되길 빌어주는 친구 같은 아이들을 만나서 웃으면서 행복하게 고등학교 생활을 보낼 수 있었으면 좋겠단다.

뭐 내가 이렇게 말해봤자 정 여사는 지랄알~ 이러면서 넘기겠지만. ㅋㅋㅋ 그것도 정 여사의 모습이지, 진실된 모습. ㅋㅋㅋ 그리고 내가 이런 말 안 해줘도 정 여사는 잘해낼 거니까 너무 잘해낼 거니까, 내가 정 여사 믿으니까 정 여사 화이팅해야 돼. 무슨 일이 있든 기죽지도 말고 당당해야 돼 알겠지? 정 여사랑 헤어지기 싫지만 고등학교도 다르므로 우리 헤어져야 하는 운명인가 봐. 그래도 연락 핸드폰이 있으니까 트윗 안 하면 카톡 안 하면, 문자라도, 문자 안 하면 전화라도!! 하면서 지내자. 그리고 나는 학교는 먼 데로 가도 집은 똑같잖아. 그러니까 놀 수도 있지. 토요일이든 일요일이든 집에 있잖아. 만나자 하면 특별한 일이 없는 경우에는 만날 수도 있고 그런 거지 뭘. ㅋㅋㅋ

정 여사!!! 나는 정 여사를 사랑해♡♡ 딸 지민   2012년

내 친구 지아는 정지아입니다

정지아는, 한국인 지아는, 경기도에 사는 지아는, 안산시에 사는 지아는, 고잔1동에 사는 지아는, 문화빌라에 사는 지아는, 화정초에 다녔던 지아는, 단원중에 다니는 지아는, 15세 지아는, 여자 지아는, 2-7 34번 지아는, B형 지아는, 강동원을 좋아하는 지아는, 100만 원 넘는 노트북이 있는 지아는, 머리 자른 지아는, 옵티머스폰 갖고 있는 지아는, 엄마를 좋아하는 지아는, 인맥이 넓은 지아는, 예쁜 지아는, 착한 지아는, 1개 빼고 심화인 지아는, 열공하는 지아는, 체육복 긴바지를 좋아하는 지아는, 새로 산 신발을 좋아하는 지아는, 롯데월드 가고 싶은 지아는, 이사한 지아는, 귀여운 지아는, 얘기를 많이 아는 지아는, 애교 많은 지아는, 슬기의 김밥을 좋아하는 지아는, 4월 5일이 생일인 지아는, 내 친구 지아는 정지아입니다.

To. 사랑하는 솔에게♡

솔아, 안녕. ㅋㅋㅋ 생일 편지에 대한 답장을 써보려고 해~. 네가 진지한 걸 싫어하는 거 같아 사색적인 내용은 다 빼고 한번 써보도록 노력할게. ㅋㅋㅋ 내가 쫀쪼리를 주면서 네게 인사한 걸 기억하는구나. 나도 잊고 있었던 걸. ㅋㅋㅋㅋㅋㅋ

똑똑해 @.@ 또리♥ 근데 내가 너한테 말 걸고 싶어서 그랬던 거 아니? 결국 너도 나한테 스스럼없이 다가와 줬지만~(그래서 너무 고맙고 좋아). 근데 나도 약간 밝은 모습이 많은 반면에 우울하기도 하고 내성적인 면도 되게 많아. 그렇다고 다중이는 아니야. ㅋㅋㅋㅋ 진짜 미쳤다고 CC크림을 25000짜릴 사주냐, 이년아. 내년에 기대하고 방학 전이나 하여튼 종종 선물을 제공하도록 노력하겠어.)♡(기대해도 좋다구~ .♬♪

이제 한 달이 지났어. 빠르게 지나가긴 했지만 혼란스러웠고 많이 힘들었지. 물론 너도 나도 다른 애들도 많이 힘들어하고 있을 거야! 지금까지! 솔직히 아직까진 아는 것보다 모르는 게 많으니 맞춰가는 게 중요하지. 우리에겐 수학여행이 기다리고 있으니 가서 좋은 추억, 즐거운 시간 만들고, 보내고 오자고! 예쁜 봄을 너와 맞이할 수 있어서 나는 요즘 행복해.^^ 내가 공부하거나 책 읽을 때는 그냥 그러려니 하고 넘어가 줘! 매 시간 놀면 내가 해야할 게 많아져서 힘들달까. ㅜㅜㅜ But, 나도 뒤 많이 돌아볼테니 걱정은 사해! 선물, 편지 너무 고맙고, 솔아~ 차차 갚아나갈게. ♡ ㅎㅎ 남은 1년 잘 지내보자!

2014년 4월

To. 혜린이에게

혜린아 안녕~. 나 지아야.

ㅎㅎ 손에 힘주고 너에게 답장의 편지를 쓰는 중이야! 너는 벌써 두 번이나 내게 편지를 써줬는데 나는 흡 TˆT 미안하다. 하지만 더 질 좋은 편지를 써보도록 노력할게. ♡ 사실 초에 나에게 많이 다가와 줘서 너무 고마웠어. 근데 내가 익숙하지 못해서, 사람 나름대로 학기 초마다 힘드니까 너를 많이 신경 써주지 못한 거 같아서 너무 미안해. 그리고 언제나 상냥하게 대해주고 나를 챙겨줘서 정말 × 1997 너무 × 2014 고마워. ㅎㅎ 이런 내맘 늦었지만 받아주길 바라…. ♥

그리고 곧 수학여행인데 가서 더 친해지고 좋은 추억 많이 만들어서 오자. ^^ 마지막 날만, 아닌가 3일인가? 에라이 모르겠다. 하튼 그날만 이쁘게 하고 나는 제주도에서 내내 폐인으로 살거야.^~^ 내 진짜 모습 보고 놀라면 앙대영! 우리 6이서 어떻게 친해지게 됐는데 진심 너무 다 좋고 행복해서 몸 둘 바를 모르겠어. TˆT 변녀인 나의 실체를 알아도 실망 말기를…. ☆ 공부도 열심히 잘 하고 성격도 갑이고 예쁘고 모자란 게 없는 혜린아, ~ 1년 동안 잘 지내자. ^~^ 따랑해!

2014년 4월

하늘나라에

있는

지아에게

정지아

하늘로
붙인
편지

엄마 곁에 있는 거 알아. 엄마 껴안고 볼에 뽀뽀하는 것도 알아.
사랑한다고 말하는 것도 들려. 다 알아, 걱정하지 마. 엄마가 다 느껴,
알 수 있어. 엄마니깐 다 알아. 네가 엄마를 느끼듯이 엄마도 느껴.
얼마나 사랑하고 있는지를….

엄마 곁에 있는 거 알아, 엄마니깐 다 알아

박물관 큐레이터 꿈꾼 지아에게

사랑하는 내 딸 지아야. 지금이라도 부르면 금방이라도 대답할 거 같구나.
"엄마~"라고 부르면서 달려와 "나 사랑해?"라고 뜬금없이 물어보곤, 대답
이 시원치 않으면 또 물어보고, 만족스런 대답이 나올 때까지 물어보던 말.
"엄마 나 얼마만큼 사랑해?"였지….

이 말은 곧 네가 이만큼 엄마를 사랑하고 있다는 뜻이라고 말했던 거 기억
나지? 얼마나 엄마를 사랑하는지 충분히 알 수 있는 말이었단다. 우린 서로
마주앉아 커피를 마시면서 지금의 이 행복에 감사하며 같이 울컥해 손을
맞잡고 눈물 흘린 적도 있었지…. 그때의 네 모습을 생각하면 가슴이 미어
져 숨이 막히는 거 같다.

지아야,

모든 학부모님와 국민들이 너희의 억울한 희생에 대한 진실을 규명하기 위
해 노력하신단다. 엄마도 너를 위해 해줄 수 있는 게 별로 없어서 서명도
다니고 진도도 가서 다윤이가 나오길 애타게 기다리고 있어. 힘들고 지친

다윤 엄마 아빠를 위해 어서 다윤이가 나왔으면 해. 2반 친구들도 멀리서나마 도와주었으면 해.

너무너무 할 얘기가 많다, 지아야. 너도 많지? 엄마가 마음으로 너와 대화하는 거 알지? 그래, 우린 언제나 같은 마음이라는 거 엄마도 느껴. 지아가 먹고 싶은 거 입고 싶은 거 다 느껴, 알 수 있어. 길거리를 가다가도, 뭘 먹다가도, 음악을 듣다가도, 텔레비전을 보다가도 거기에 그곳에 지아가 보이고, 지아가 느껴져….

내 딸 내 새끼, 지아야.

엄마 꿈에 나와서 엄마랑 같이 있어줘. 그리고 엄마도 데려가줘. 지아가 같이 가자고 하면 엄마 따라갈게, 응? 같이 꼭 손잡고 대화하고 웃으면서 같이 가고 싶어. 저번 꿈에 지아가 혼자 가서 너무 싫고 무서웠어. 지금의 이 모든 것이 꿈이었으면 해. 눈뜨면 지아가 엄마, 하고 불러줄 것만 같아.

엄마보다 엄마를 더 사랑해주던 지아야. 엄마에겐 친구 같은 딸 지아야.

네 친구들이 너와 나 사이가 유난히 좋아서 많이 부러워했다면서 자랑삼아 말하던 모습도, 음악을 들으며 드라이브할 때 옆에서 재잘거리던 너의 모습도, 영화를 보며 감동받아 눈물을 흘리던 모습도, 좋아하는 초밥을 먹으며 웃음 짓던 너의 모습도, 엄마는 그 어떤 순간도 전부 다 기억한단다. 순간순간 너의 모습이 떠오를 때마다 어찌해야 할지 모르는 감정에 가슴이 먹먹해져 견딜 수가 없구나. 너의 사진과 너의 글, 너의 옷, 너의 책들….

지아야,

엄마의 삶, 내 전부가 지아였는데 하늘이 무너지는 아픔이 느껴져 모든 것이 허무해. 지아야, 엄마 곁에 있는 거 알아. 엄마 꺼안고 볼에 뽀뽀하는 것도 알아. 사랑한다고 말하는 것도 들려. 다 알아, 걱정하지 마. 엄마가 다 느껴, 알 수 있어. 엄마니깐 다 알아. 네가 엄마를 느끼듯이 엄마도 느껴. 얼마나 사랑하고 있는지를….

하늘 별 땅 우주만큼 사랑해 지아야. ~♥♥♥

우린 떨어져 있으면 안 되는데, 우리 지아, 엄마 없으면 안 되는데, 엄마도 울 지아 없으면 안 되는데…. 어떡하지? 어찌해야 할지 모르겠어. 지아야, 너의 교복에선 아직도 너의 향기가 나고, 베개와 이불에선 너의 체온이 느껴지는 거 같아. 네가 잠들 때까지 너를 안고 재우며 하루 일과를 서로 말하고, 울고 웃던 우리 모녀….

이 세상 단 하나의 내 딸 내 사랑 지아야.

올 여름 부산 송정 바닷가로 할머니 모시고 피서가고 겨울엔 돈 모아 일본여행 가자던 지아야…. 이젠 엄마는 누구랑 피서를 가며 누구랑 일본을 갈까. 하고 싶은 것도 많고 꿈도 많았던 내 딸 지아야.

그 모든 꿈 좋은 곳에서 꼭 이루렴…. 너를 보내기 싫고 놓아주기 싫지만, 좋은 곳 편안한 곳에서 친구들과 행복하기를 매일 기도할게, 지아야. 다음 세상에서도 꼭 엄마 딸로 태어나줘. 엄마가 다 못한 지아의 사랑 꼭 보답할게. 이 세상에서 엄마라는 이름으로 살게 해줘서 정말 고마웠고, 정말 사랑해. 지아야. 엄마가 또 편지 쓸게. 그럼….

지영희 엄마가 정지아 딸에게…. 　　　　　〈한겨레신문〉 2014년 7월 20일 자

너의 마음을 아프게 한 일, 미안하고 또 미안해

사랑하는 딸 지아 보아라.

너를 마주하고 있으면 너무나 많은 생각들에 갑자기 가슴이 울렁거려 감당하기가 힘들어지는구나. 잊어버리지 않으려고, 하나라도 놓치지 않으려고 세월을 거슬러 내려가 보지만, 길고도 아련해진 탓인지 생각들이 가물가물해지는구나.

내 분신이자 내 전부인 지아야.

거리를 다니다 문득 어린아이와 젊은 엄마가 손을 잡고 가는 모습을 보았단다. 그 모습에 어린 지아가 보이고, 초등학생이 등교하는 모습에 초등학생이던 지아가 보이고, 교복을 입고 가는 여학생의 모습에 엄만 다 지아로만 보인단다. 온통 이 세상이 지아로만 가득해서 엄만 널 한시도 놓을 수가 없구나.

지아야.

생후 6개월에 장염에 걸려 병원에 입원했을 때, 너에게 너무나 미안한 마음에 우는 너를 안고 달랬던 일도, 철우 삼촌을 잃고 엄마의 감정을 주체하지 못해 너의 마음을 아프게 했던 일도 미안하고 또 미안할 뿐이다.

엄만 너를 사랑만 할 줄 알았지, 사랑만 하면 지아가 외롭지 않게 잘 커줄 거라 믿었어. 아빠의 빈자리를 느끼지 않게 해주려고 무던히도 노력했다고 믿었는데, 너에게 내가 얼마나 큰 상처를 주었는지 엄만 어느 작은 식당에서 알게 되었어. 행복하고 단란해보이던 가족, 딸에게 맛있는 음식을 먹여주며 환하게 웃던 가족들을 부러운 듯 바라보던 너의 눈빛에서 알 수 있었단다. 먹는 것조차 잊은 채 멍하니 바라보던 울 지아가 그 순간 왜 이렇게 안쓰러워 보이던지 엄만 가슴이 아팠단다.

미안해, 지아야.

지혜롭지도 현명하지도 못했던 엄마의 판단으로 너에게 잘못하고 있었던 철없던 엄마를 용서해주렴. 어릴 적 사진을 보다가도 혼자 흐느껴 우는 너의 모습에 엄마도 몰래 뒤돌아서서 울었단다. 그 허전한 그리움에 지아가 목말라하고 있음을 알고는 있었지만 시간이 지나고 나면 알 수 있을 거라 믿었어.

지아야.

내 딸 내 아가, 너를 꼭 안고 사랑한다 말해주고 싶구나. 이 세상 단 하나의 내 딸 지아야, 너무나 소중해서 바라보는 것조차 아까웠던 내 새끼 지아야, 하늘 별 땅 우주만큼 사랑해.

2015년 1월 21일 울보엄마가

마지막으로 봤던 그때, 우리가 가장 그립다

지아야, 너를 매일매일 생각한다.

수암봉 정상에 올랐을 때는 너에게 전화하려다 너무 놀랐어. 문득 생각난 게 너인데 너한테 전화할 수 없다니 실감이 조금 나더라. 오늘 단원고 생존 학생들이 정상등교를 했대. 너도 그 등교하는 학생들 중 한 명이었다면 얼마나 좋았을까… 너랑 웃으며 얘기할 수도 있었을 거야. 너 고민도 들어주고. 넌 항상 고민이 있으면 내게 말했잖아.

내게 가장 믿고 의지할 수 있는 친구는 너였어. 멀리 있어도 네 생각은 항상 좀 많이 났어. 초등학교 6학년 때 너와 걷던 선부동 동사무소, 그 길이 너무 그리워. 무더운 여름 사쿤 티셔츠 가격에 놀라던 나도, 6학년 졸업식 때의 너도, 졸업사진 찍던 날의 너도, 6학년 3반 복도 앞 사소한 질투로 싸우던 우리도, 너무나도 생생하고 그립다.

4월 13일 마지막으로 봤던 그때, 우리가 가장 그립다. 넌 사고를 예언하듯 나에게 무섭다 했고, 그 전 주말엔 나를 찾아왔었지. 그때 마지막까지 같이 있어서 정말 너무 좋았어. 너 같은 친구 있어서 좋다고 했던 거 진심이었어. 내가 그때 했던 말 생각나? 보고 싶을 때 볼 수 있어서 좋다고 했잖아. 이젠 그럴 수 없어. 정상적으로 지내고 있는 내가 미워. 미안해, 많이… 내 기억에 네가 너무나도 많다. 어딜 가던 너와 갔던 곳이야. 위에서 잘 지내지? 사랑해, 평생 기억할게.

2014년 6월 25일 초롱이가

지아야, 오랫만이야.

나 방금 전에 버스 잘못 내려서 15분 걸어왔어. ㅋㅋ 바보 같지? 오늘은 너랑 마지막으로 만났을 때 같이 먹었던 플랫치노 먹으면서 왔는데 날씨가 벌써 추워지기 시작해서 몸이 좀 떨렸어. 네가 가고 하복을 입기 시작하고 이젠 다시 춘추복을 입는데 정말 시간 빠르다고 생각했어. 지금까지 시간이 이만큼 지나온 것처럼 앞으로도 시간은 계속 이렇게 빠르게 흐르겠지?

페이스북에 글 안 남기는 건 이해해 줘. 사소한 글 하나 쓸 때도 자꾸 북받쳐서 네가 댓글을 달아줄 것 같고, 좋아요도 눌러줄 것 같은데 왜 이리 조용해…. 그냥 내 앞으로의 시간 속에 네가 없는 것 자체가 힘들다. 제일 친한 편한 속친구 뽑으라면 누가 먼저랄 것 없이 너였는데. 자주 보지는 못해도 편하게 얘기할 수 있고, 속의 깊은 얘기까지 할 수 있어서 좋았던 너였어. 앞으로도 누구에게 말 못할 고민 있으면 여기 와서 얘기할 테니까 웃으며 맞아줘. ♡♡

넌 요즘 어떻게 지내? 꿈에 나와서 얘기 좀 해달라고 매번 얘기해도 왜 한 번밖에 안 오냐. 내 얘기 좀 할게. 난 요즘 그냥 잘 지내고 있어. 이제 거의 일상으로 완벽히 돌아온 것 같아. 그 점이 너에게 미안하기도 하고. 그렇다고 절대로 널 잊은 건 아니야. 진심이야. 지금도 그렇고 앞으로도 그럴 예정이야. 아, 그리고 선영이가 너랑 은별이 명찰도 신청해줬어. 10월 2일에 받기로 했는데 가방에 달고 다닐게. 나랑 매일 붙어 다니자, 좋지? 위에서 좋은 남자도 만나보고 그래랑. 항상 사랑하는 거 알지?♡♡♡♡

2014년 9월 28일 초롱이가

85

좀 더 만질 것을…

좀 더 볼 것을…
좀 더 만질 것을…
좀 더 말해줄 것을…
"사랑한다고"
지아.
아름답고 편한 곳에 있는 거지?
이모는 우리 지아가 많이 그립다….

언제부터인가, 가슴이 탁 막히는 슬픔이 밀려온다. 하루에도 몇 번씩 지아
가 우리 곁에 없다는 걸 느끼며 고개를 숙이곤 해. 시간이 흐르면 잊힌다고
하지만, 어떻게 너를 잊겠니. 할머니, 엄마, 이모에겐 지아가 너무도 소중
한 존재였는 걸….
이쁜 지아야. 요즘은 어릴 적 모습이 생각이 나. 통통하고 귀엽고 순했
던….
지아야, 우리의 마음을 느낄 수 있니? 혹시 알 수 있다면 너무 슬퍼하지 마.
언젠가 다시 만날 거야. (꼭~~) 사랑해 내 조카.   **이모가**

함께 나오지 못해서
정말 미안해

보고 싶은 지아야. ♡

내 기억 속에 너는 언제나 아름다운 모습으로 남아 있고, 언제나 기억할 거야. 함께 나오지 못해서 정말 미안하고…, 같이 나가자 한마디 못해줘서 너무 미안하고….

너무 보고 싶어. 바람이 불 때마다 너, 그리고 예쁜 우리 친구들 솔이, 혜선이, 지윤이, 주희 라고 느껴져. 우리 이렇게 함께하고 있는 거 맞지? 아직도 내 꿈에 행복했던 우리 모습들이 나와. 우린 아직 해보지 못한 것들이 너무 많은데…. 너무 아쉽고 보고 싶어. 예쁜 천사가 된 지아야. 사랑하고 잊지 않을게. 정말 너무 사랑해. ♡

2014년 8월 31일 혜린이가

너 너무 예뻐서
데려가신 거 같아

지아야!

보미 발인 날 너한테 인사했는데… 기억나지? 아, 먼저 이 포스트잇은 내가 제일 아끼는 거다. ♡ 너니까 쓰는 거야, 헷ㅋ♡

잘 지내지? 아픈 곳은 없고? 우리 초등학생 때부터 알았는데 친하진 않네, 아쉽다. 보미가 너 이야기 엄청 많이 했었어! 너무 고맙고 착하고…. 그때 진작 친해질 걸. ㅎㅎ 이제라도 친해지자.♡ 마찬가지로 너 옆에 보미가 있어서 너무 다행이야. 둘이 손 꼭 잡고 행복할 땐 웃고 힘들 땐 꼭 견뎌내 줘! 난 여기서 경미 잘 보살펴 줄게♡ 아프지 말고 나 금방 갈 테니까 쫌만 기다려, 사랑해. ♡♡♡♡♡♡

착한 사람 좋은 일만 생겼으면 좋겠다. 미안해…. ♡   2014년 6월 1일 혜영이가

이쁜 지아♡ 지아야

지영이 자미가 아닌 언니가 와서 놀랐지? 지아 옆에 진환이 언니가 많이 아끼는 동생이라 보고 싶어서 시험 끝나자마자 달려왔는데 이쁜 지아가 요기 잉네~. 언니랑은 연락도 자주 안 했지만 지아 마음도 엄청 착하고 이쁜 거 누구보다도 잘 알아.

거기서는 더 이쁨 받는 지아가 되고, 언니가 자미언니 데리고 한번 올게. 기

다리고 있어, 우리 이쁜 지아! 곧 다시 보자. 잘 자고 이쁜 꿈 꿔, 애기. ♡

혜빈이가

지아야, 왜 먼저 간 거야. 언니가 너 생일 축하도 못해줬는데 이렇게 가버리는 게 어딨냐? 진짜 나쁘다. exit 언니 오빠들이 너 보러 수원까지 갔어…. ♡ 너무 예쁘더라, 지아야. 언니가 너무 못해준 것 같아서 미안해. 2학년 때 너 1학년 때 내 자리에서 시험 봤는데 그때 초콜릿 잘 먹었어? 언니가 너무 해준 게 없어서 미안해. 하나님이 너 너무 예뻐서 데려가신 거 같아. 언니가 너네 몫까지 열심히 살아볼게. 그리고 나 늙어서 올라가면 먼저 인사해줘.♡ 언니가 내내 절대 안 잊어버릴게. 우리 동아리 다 많이 사랑해, 진짜 지아야. 거기서는 행복한 일만 있었으면 좋겠다. 이제 아프지도 슬프지도 마. 네 몫까지 내가 뭐든 열심히 할 테니까 지켜봐 줘.
지아야, 사랑해♡ 너무 많이 미안하고, 진짜 사랑해~.

세령이가

너무 예쁜 우리 지아.
나랑 유미랑 연주랑 왔다간다. 너무 보고 싶다. 많이 사랑해♡ 항상 고마웠던 우리 지아, 너무 보고 싶다.

다은이가

생존 친구 혜린이가
기억하는
지아

2014년 8월 31일, 안산 선부동 나무그늘 카페에서
작가 김순천이 생존 학생 전혜린을 인터뷰했다

"이따가 배 타고 와…"

1.

지아를 만난 지는 얼마 되지 않았어요. 고2 올라와서 같은 반이 돼서 처음 만났어요. 말해보니까 저랑 성향도 비슷하고 정말 잘 맞는 거예요. 그래서 급격히 친해졌어요. 지아도 혼자만의 생각이 되게 많은 친구였어요. 혼자 상처받고 혼자 감당하고 그런 게 저랑 비슷했어요. 같은 종류의 상처들도 많아서 이야기 하다보면 같이 치유할 수 있겠다 싶어 더 끌렸던 것 같아요. 지아가 우울한 적이 많았거든요. 그 우울감 때문에 친구들이 나를 안 좋게 보면 어떡하지, 이런 생각을 되게 많이 하더라고요. 자신 때문에 친구들이 피해보면 어떡하지, 하는 신경을 되게 많이 썼어요. 그런 게 저랑 비슷한 것 같아요.

저희가 2학년 올라와서 사귄 친한 친구들이 여섯 명이 있었거든요. 저랑 지아, 박혜선, 김지윤, 윤솔, 김주희. 개학하고 신학기 때 거의 1주일 만에 급격히 친해졌어요. 정말 끌리듯이 딱 뭉쳤어요. 처음 느낀 게 아, 정말 행복하다, 참 잘 맞는다, 였어요. 친구들끼리 만나면 안 좋은 일도 생기고 그럴 수도 있잖아요. 싸우기도 하고. 하지만 저희가 항상 이야기한 게 서로 조금 더 이해하고, 조금 더 생각해줘서 정말 잘 지내자, 그랬거든요. 이런 이야기까지 하면서 서로를 잘 이해해 줄 수 있는 정말 좋은 친구들을 만났구나, 생각했어요.

지아가 겉으로 보기에는 되게 밝고 재밌어요. 애교도 많았거든요. 친구 사귀는 것도 보면 치우치지 않고 두루 잘 사귀는 것 같고, 이해도 많이 하고 그랬어요. 근데 학기 초라서 그런지 예민하고 힘든 일도 많았던 것 같았어요. 감정 기복도 좀 심한 것 같고요. 지아는 우울하다기보다는 생각이 좀 많은 애였어요. 혼자만의 생각이 많아서요.

2.
15일, 제주도 가는 날에도 되게 우울해했어요. 아침부터 그랬는데 지아가 체육시간에 갑자기 없어진 거예요. 어디로 갔나, 찾는데 없는 거예요. 체육 선생님께 말씀드리고 제가 지아를 찾으러 갔어요. 혼자 가만히 벤치에 앉아 있더라고요. 벤치에 앉아 지아랑 이런저런 이야기를 했는데 제주도 가기 싫다고 하더라고요. 재미가 없을 것 같다고, 즐길 수 없을 것 같다고. 자기가 너무 우울해 있어서 우리한테도 피해를 줄 수 있을 것 같다는 이야기를 하는 거예요. 남자친구랑도 헤어졌다고 하더라고요. 딱히 그 이유는 잘 모르겠는데. 지아 어머니도 걱정을 많이 하셨던 것 같아요. 마지막으로 안 좋은 모습 보고 떠났으니까요.

버스를 타고부터 지아가 기분이 풀린 것 같았어요. 저희는 되게 평등주의
자였거든요. 누구하고 더 친한 것 없고, 편애하는 것 없이 골고루 친했어
요. 그래서 자리 앉을 때도 제비뽑기 해서 정했어요. 뽑기로 여섯 명이 자
리를 어떻게 앉아야 할지 결정했거든요. 공주면 왕자, 치킨이면 맥주, 이렇
게 정해서 짝을 선택했어요. 지아는 주희랑 짝이었고, 저는 솔이랑 짝이었
어요. 버스 타고 가면서 제 핸드폰으로 동영상도 찍으면서 갔어요. 정말 재
밌었어요. 근데 인천에서 안개가 끼여 출발하지 못했어요. 출발 기다리면
서 저희가 되게 많이 지쳤거든요. 지아는 기다리는 것보다 집으로 가고 싶
어 했어요. 저는 빨리 제주도 가고 싶은 마음이 컸어요. 제주도 가서 여섯
명이 정말 재밌게 놀아야지, 기대에 부풀어 있었단 말이에요. 제주도 가서
놀면 더 친해지고 많은 것을 나눌 수 있다고 생각했어요.

일단 배를 탔는데 배에서 저녁을 먹고 출발할 수 있으면 출발하고, 못하면
집으로 가는 거라고 했어요. 출발할 수 있다고 해서 애들이 좋아서 소리를
지르고 그랬어요. 함께 밥 먹고, 레크리에이션도 하고, 노래 틀어놓고 춤추
고 정말 재미있게 놀았단 말이에요. 각자 끼리끼리 놀아서 저희는 여섯 명이
서 함께 놀았어요. 레크리에이션 한다고 화장도 정말 예쁘게 했는데 지우기
싫다고 하면서 한참을 사진 찍고 돌아다녔어요. 잘 시간이 돼서 제주도 가면
숙소에서 많은 이야기를 하기로 하고, 서로 각자 방에 가서 잤어요.

16일 아침에 일어나서 만나 밥도 같이 먹고 그랬어요. 7시 몇 분이 되었는

데 배가 기울어지는 걸 느꼈어요. 그래서 저는 선배들한테 들은 말을 생각했어요. 제주도 거의 다와 갈 때쯤이면 파도가 심하다고 그랬거든요. 아, 이게 파도가 심해서 기울어지는가보다, 했어요.

밥 먹고, 옷 입고, 준비하고, 양치하고 씻고 준비가 다 끝나서 방에는 이제 저랑, 어떤 애 한 명이랑 지아랑 셋이서 있었거든요. 앉아서 놀고 이야기하고 있는데 갑자기 배가 기울여지면서 지아랑 나왔어요. 나왔는데 한 번 더 기울어졌어요. 이때부터 아이들이 많이 놀라기 시작했어요. 복도에 나와 봉을 잡고 있었어요. 한 손으로 봉을 잡고 한 손으로는 지아랑 잡고 있었어요.

갑판으로 올라가야 헬기를 탈 수 있었어요. 배가 기울어서 밖으로 나가는 10미터 정도 되는 통로가 가팔랐거든요. 어떤 시민 한 분이 저희에게 물었어요. 사람들 많이 구했다고 뉴스에도 나온 분이에요. 남학생 있느냐, 해서 여학생밖에 없다 그러니까, 그분이 커튼 엮은 걸 내려주면서 이 길밖에 없다, 타고 올라올 수 있는 사람은 올라와라, 그랬어요.

제가 지아랑 손잡고 있었는데 올라가려면 손을 놓아야 되잖아요. 지아가 저 보면서 자기는 못 가겠다고 그렇게 말을 했어요. 그때 저는 헬기로 가는 게 더 위험하다고 생각했어요. 그래서 이따가 배 타고 와, 이렇게 말하니까 지아가 알았어, 그러더라고요. 혜선이는 기울기가 너무 심해서 방 밖으로 못 나오고 있어서 제가 손잡아서 방 밖으로 꺼내줬어요. 혜선이와 솔이도 지아랑 함께 있었어요. 저는 올라가고. 그래도 다 구조될 줄 알았어요.

섬(서고차도)에 도착해서 기다렸어요. 친구들이 언제 오나, 기다렸는데 안 오는 거예요. 일반인만 오고. 좀 있다가 작은 배 하나가 애들을 잔뜩 태우고 오는 거예요. 아, 지아가 저기에 있겠다, 했어요. 제가 맨발이었거든요. (따개비가 붙은) 거친 돌들을 밟으면서 지아 보겠다고 막 뛰어갔어요. 저는 혼자밖에 없고, 제 친구 다섯 명은 아직 안 나왔으니까. 애들이 거기 다 있었으니까요. 그 배에 있겠다, 싶어 뛰어갔는데 아무도 없는 거예요. 그 섬에 계속 있다가 배 타고 진도체육관에 갔는데 선생님 두 분밖에 안 계신 거예요. 선생님이랑 계속 울었죠.

아빠랑 고모가 오셔서 안산 고려대 병원으로 가는데 6시간 가는 내내 계속 울었어요. 이게 진짜냐고, 말이 되는 상황이냐고…. 온몸에 몸살이 나고, 감각을 느낄 수 없을 만큼 울고, 병원에 가서도 너무 울어서 탈진해버렸어요. 애들도 다 그런 상태여서 수액 맞고. 그날 밤 애들이 다 잠 못 자고, 다음날은 이제 현실감각이 없는 거예요. 왜 여기 있지, 우리가 왜 여기에 있는 거지….

일주일 정도는 수면제 먹고 잤던 것 같아요. 불이 꺼지고 잘 시간이 되면 핸드폰에 있는 친구들 사진 보면서 (울음) 재밌었는데, 이런 약속했었는데, 또 이렇게 놀러가고 싶다, 이래서 잠 못 자고 울고 그랬어요. 혼자 있는 것보다 나랑 같은 경험을 한 친구들이랑 같이 모여 있으니까 서로에게 의지하면서 미안해하면서. 내가 병실에서 혼자 힘들어 하고 있을 때 이해해 주고, 왜 그러냐고 묻지 않아도 지금 힘든 상태구나, 받아주었어요.

3.

요즘도 혼자 있을 때면 많이 우는데 평소에는 덤덤하다가도 갑자기 너무 보고 싶을 때가 있어요. 어떤 걸 했는데 같이 했던 거나, 같이 하고 싶은 거 있으면 너무 보고 싶어요.

지아는 처음 봤을 땐 소극적인 줄 알았는데 의외로 굉장히 적극적이었어요. 그냥 느낌이 좋았어요. 저는 친구를 사귀는 데 적극적이어서 애들 전부다 친해지려고 말도 걸고, 번호도 물어보고 노력했어요. 지아가 자기는 소심해서 애들에게 잘 다가가지 못하는데 네가 먼저 말 걸어주고 받아주어서 좋았다. 그러더라고요.

한 번은 지아가 저희 학교가 크로스백을 매고 다니는 게 금지인데 그걸 매고 등교했어요. 지아는 몰랐던 거예요. 선생님이 윽박지르고 그러니까 애가 놀랐던 거죠. 야단맞으면서 교문에 서 있다가 교실에 들어와서 울었단 말이에요. 크로스백 매다가 걸리면 지각으로 처리되거든요. 지아에게 가서 왜 그런가 물어봐 주고, 이야기를 많이 들어주었어요. 지아도 제가 힘들고 그럴 때 제 이야기를 많이 들어주고요. 제 이야기를 진짜 많이 들어줬어요. 저는 좀 생각이 많은 편이라서 혼자 생각하고 혼자 판단하고 혼자 아파하고 그런 스타일이란 말이에요. 친구랑 좋지 않은 일이 있었어도 말 안하고 혼자 앓은 스타일인데 지아도 그런 면이 같다고 느껴져 말이 잘 통했어요.

지아가 여섯 명 중에 춤을 가장 잘 췄어요. 몸에 흥이 있었어요. 지아가 노래도 잘 불렀어요. 화장하면 예뻐요. 주희도 말 잘하고, 노래도 잘 부르고 성실하고 완전 분위기 메이커였어요. 솔이는 진짜 장난치는 거 좋아하거든요. 제가 삐진 척하면 막 달래주고 그랬어요. 개구쟁이였어요. 윤솔이….

김지윤은 뭐든 되게 열심히 했어요. 공부도 열심히 하는 노력파였어요. 쉬는 시간에도 영어를 열심히 했어요. 영어 실력이 중학교 실력밖에 안되니까 열심히 노력했던 것 같아요. 그 모습이 정말 보기 좋았어요. 자기가 부족한 걸 채우려고 노력하는 모습이요.

박혜선은 글씨를 정말 잘 썼어요. 글씨체가 정말 예뻐요. 노트 정리를 되게 잘해요. 그날 공부한 것 다음날 보면 깔끔하게 정리가 다 되어 있어요. 글씨체가 너무 예뻐서 혜선이 글씨체 보면서 연습하고 그랬어요. 지금도 제가 혜선이 글씨체를 쓰고 있어요. "ㅂ" 혜선이가 쓰던 순서대로 쓰면 엄청 어른스러운 거예요. 제가 그게 좋아서 따라 썼는데 빨리 쓰다보면 예전에 제가 썼던 버릇대로 쓰는 거예요. 그걸 엄청 많이 연습해서 지금은 빨리 써도 혜선이가 쓰던 방식으로 쓰고 있어요. 그리고 혜선이가 이해심이 깊거든요. 남의 이야기를 잘 들어줘요. 지아도 혜선이한테 더 속 깊은 이야기를 하고 그러더라고요. 지아가 혜선이한테 많이 의지했어요.

제가 좀 친한 친구나 그런 사람들에게 편지로 마음 표현하는 걸 좋아하거든요. 지아한테도 두 번인가 편지를 썼어요. 지아도 저에게 편지를 써 주었고요. 지아가 준 편지가 있는데 길지는 않아요. 수학여행 가기 전전날인가 써서 보낸 편지예요. 지아 생일날 다음날인가. 지아 생일날 정말 재미있게 놓았거든요. 지아가 편지를 다른 친구들한테도 다 써서 줬어요.

이렇게 저희들은 편지를 많이 주고받았어요. 말로 하다보면 감정 컨트롤이 잘 안되고 전달하고 싶은 것도 잘 안되고 내 생각과는 다르게 말이 나올 수도 있고. 그러니까 편지가 좀 자기 생각을 잘 전달하는데 좋은 것 같아요. 진정성이 느껴져요. 카톡이나 메시지도 보내지만 편지가 더 좋은 것 같아요.

4월 15일 세월호 배 안에서
안개가 걷히기를 기다리는 지아와 친구들.
같이 희생된 친구 박혜선의 휴대폰에서 복원한 사진이다

배 타는 게 무서웠던 거예요. 감각이 남다른 편이었어요. 그날도 깜박 잊고 안

까지 가서 전해줬는데 지아가 울면서 수학여행을 안 간다고 하더라고요. 개드

거라 생각했어요. "엄마, 나 안 가면 안 돼?" 그러면서 눈물을 뚝뚝 흘리는 거에

다고 할까. 배가 무서워서 그러나, 아니면 친구들하고 무슨 문제가 생겼나. 한

행을 가지 않으면 나중에 후회하게 돼. 이렇게 말해 주었어요. 물건을 받아서

가도 포기한 것처럼요. 이렇게 걸어가는 뒷모습이 마지막이었어요. 그 걸어가

히 안 좋은 거예요. (울음) 괜찮겠지, 괜찮겠지, 가서 친구들이랑 재미있게 놀

좋다고 했거든요. 가서 사이좋게 놀다보면 다 잊고 지내겠거니 생각했지. 상

꾸 그 마지막 모습이 아른거려요. 다른 것은 괜찮은데 단원고등학교 교정을 떠

내지 말걸, 그런 생각이 계속 드는 거예요. 너무 미안해요. 내가 지아 마음을 조

면 그냥 인천 가서 데리고 왔을 텐데

나,
정지아

와 초콜릿이 있다고 해서 점심시간에 학교

이 있었던 거예요. 저는 애가 투정을 부리는

쳐다보면서 애가 왜 너무 심하게 가지 않는

마 그래도 지아야, 평생에 한번 있는 수학여

있더니 그냥 뚜벅뚜벅 걸어가더라고요. 자

참을 바라보고 서 있는데 내가 마음이 굉장

2학년 들어와서 좋은 친구들 만나서 정말

이 일어나리라고는 생각조차 못한 거죠. 자

는 뒷모습이, 그게 너무 속상해요. (흐느낌) 보

라면 조금만, 30분이라도 더 생각을 했더라

지아가
쓴
정지아

초등학교 5학년인 열두 살 때와 중학교 2학년인 열다섯 살,
지금의 나는 상상할 수 없을 정도로 많이 변했다.
비판적으로 볼 수 있게 되었고, 나에 대해서 냉철하게 바라볼 수
있도록 많이 노력한다.

내가 태어난
서울

1997년 4월 9일 아침 9시, 서울 신도림 한 산부인과에서 건강한 3.3킬로그램의 여자아이가 태어났다. 바로 지금의 나다. 아빠의 시골은 거창이었다. 거창에 가끔 놀러가는 것 빼곤 난 서울에서 지냈다.

여섯 살 정식으로 환두레 미술학원 겸 유치원에 다니기 시작했다. 처음 입학했을 때는 서초구, 그 다음 과천 양재동으로 이사를 갔다. 그때 나에게 서울은 높은 건물들이 많아 신기한 곳이었지만, 지금은 그 동네의 건물 값을 보고 놀란다. 나는 백화점 옷만 입고 좋은 것만 먹었다. 어렸을 때부터 먹던 비싼 스테이크, 엄마랑 같이 손잡고 본 영화, 인형, 좋은 옷 등…. 엄마는 나와 함께 이곳저곳 같이 다니면서 돈을 많이 썼다.

안산으로 이사를 가게 되었고, 나는 높은 건물과 화려한 옷차림의 사람들이 생각나서 싫었다. 흔히 '앓이'라고 하는데 나는 그중에서도 '서울앓이'를 겪었다. 엄마에게 놀러 가자, 놀러 가자 터무니없이 졸랐다. 한번 갈 때마다 우리 엄마 지갑 털리는 것도 모르고. 작년까지만 해도 그랬다. 최근에 놀러 갔을 때 나는 서울 사람은 무슨 옷을 입어도 뭔가 달라 보였고, 그 속에서 내가 초라하다는 것을 느꼈다. 그게 바로 선입견과 색안경이었단 것을 알게 되었고, 창피했다.

짧고도 긴 6년

나에게 있어 초등학교 6년은 중요하다. 유치원에서 학교로 변하는 과정이니까 그런지 몰라도, 대부분 또렷한 기억은 초등학교부터 시작된다. 엄마는 내가 태어나고 365일 정도 똥 싸고 밥 먹기를 반복할 때 아빠와 이혼했다. 이혼이란 말보단 결별이 났겠다. 어려서 기억도 나지 않지만 그래도 아빠가 없고 새아빠가 생겼다는 분간은 했다.

일곱 살 때 새아빠를 만났고, 서울에서 안산으로 이사 왔다. 일곱 살 겨울쯤, 난 와동의 4층 옥탑방으로 이사했다. 잘 모르는 아저씨와 엄마와 나와 함께. 인상 깊었던 건 한 칸짜리 냉장고 안에 맛있는 한라봉이 있었던 것이다.

1학년 때 담임은 남자 선생님이었다. 호랑이 선생님이라는 별명이 있었는데 호랑이보단 놀부였다. 정말 놀부가 쓰고 있는 이상한 갓을 쓰고 계셨다. 2학년 때 친구들을 많이 사귀었다. 좋아하는 애가 생겼는데 엄마랑 그 아이랑 나랑 영화도 보러갔다. 내가 좋아하는 〈해리 포터〉. 그리고 시력 저하로 안경을 처음 쓰기 시작했다. 나는 그래서 안경이 지겹다. 이미 내 눈이 나 다름이 없겠지만 하루라도 빨리 안경을 벗고 싶다는 생각이 있다. 3학년 때 왕따 아닌 왕따를 당했다. 친구는 있었지만 내가 원하는 친구들 사이에서 안 좋게 찍혔다.

4학년 때 가은이라는 아이를 만났다. 알고 보니 일고여덟 살 때 놀이터에서 놀던 친구였고, 우리는 친한 친구가 되었다. 그런데 이사를 가버려서 슬펐다. 어떻게 반에서 지낼까 싶었을 때 두 친구들이 다가왔고, 나는 고마운 마음과 함께 그 친구들과 어울렸다. 여기서부터 질투심에 눈이 먼 내 사이코적인 성격이 드러나기 시작한다. 나는 두 명 중에서 a를 더 좋아했고 a와 b는 이미 내가 없을 때부터 친했기 때문에 내가 넘지 못하는 벽이 있음을 느꼈다. 난 그 벽을 부셨다. 이간질로 b를 욕했다, 뒤에서. 거짓말도 치고 부풀리기도 했다. b와 나중에 친해지면서 말해주었던 건데 눈물이 나오는데 엄마가 들을까 봐 무서워서 베개에다 얼굴을 묻었다고 한다.

방황의 시간
고학년

방황이 아닌 다른 말로는 내 5,6학년 때의 시간인 2년을 말할 수 없다. 나는 방황에 빠졌다. 5학년 1학기 초에는 반 애들과 두루두루 친했고, a와는 같은 학원을 다니고 있었다. 여름쯤 나는 소위 조금 노는 남자애들과 친해졌고, a는 반에서 가장 예뻐 인기가 많았다. 그러면서 또 다시 질투에 눈이 멀게 되면서 내 사이코적인 성격이 드러났다.

친구 윤정이와 단비가 있었다. 나는 윤정이와 반에서 같이 다니고 있었고, 단비는 나와 친해지고 싶어 했다. 단비는 윤정이를 싫어했다. 그런 모습이 내 눈에 보이자 나는 단비를 왕따 시켰다. 지금이라면 그러려니 하고 넘어갈 일이겠지만 그땐 그렇지 못했다. 4학년 때와 같이 거짓말을 하고, 부풀려서. 그런데 애들은 그런 내 말을 믿었다. 열두살 살짜리가 대체 무엇을 알고 있다고 그랬을까, 며칠 안가서 화해했지만 지금 생각해 보면 그때의 파장은 컸다. 그애는 두려움을 느꼈고 성격이 달라졌다.

나는 남자애들과 더 친해졌고, 여자애들을 막 대하기 시작했다. 나는 학교 짱과 같이 다녔고, 선배들을 알아갔다. 그게 자신감이라고 생각했다. 선배들한테 만 원, 이만 원 뜯겨도, 심부름을 당해도 마냥 좋았다. 애들이 나를 우러러 올려다보는 줄 알았는데, 그게 나를 벌레 처다보듯 무서워하는 것이라는 걸 깨닫게 되었을 땐 시간을 돌이킬 수가 없었다.

이런 생활의 절정은 6학년의 시작으로 이어진다. 나는 철이 없었고 공과 사의 구분이나, '무슨 일이 벌어지면 어떻게 해야지' 라는 것보단 '내가 어떻게 해야 빠져나갈 수 있을까' 라는 생각이 앞섰다. 그리고 무엇보다 한동안 가족을 잊었다. 엄마 아빠가 날 어떻게 생각하는지 잊었다.

후배들이 생기기 시작하자 돈을 뜯고 욕을 했다. 다른 초등학교 애들을 만나 똑같은 짓을 반복했다. 선배들 앞에선 천사가 되고, 애들 앞에선 악마가 되었다. 후배들 앞에선 대통령이 되었다. 애들을 때리고 시키기도 수천 번, 학교 인조잔디에 불을 질러 미친 듯이 맞았다. 엄마가 학교에 왔지만 그 뒤로도 애들에게 겁을 주고 욕을 해서 선생님들 눈에 내 이미지는 바닥이었다. 한 선생님은 나를 보며 추하다고 말했고, 담임선생님은 나를 포기한 듯 싶었다. 담배를 피우고 술도 마시고 친구들을 때리고, 하루에 만 원에서 이만 원 이상을 엄마에게 뺏어서 썼다. 더 이상 밑으로 내려갈 수 없는 나는 왕따가 되었다.

애들은 참고 참다가 나와 절교를 선언했다. 나는 더 이상 무리에 없었고, 모든 아이들의 무시 대상이 되었다. 나는 내가 한 것만큼은 아니었지만 왕따를 당했고 상처를 입었다. 그러나 남아 있는 친구들이 있었고, 결국 그중에서 반 친구와 지내게 되었지만 뒤통수를 맞는 일까지 벌어졌다. 선배들과 어른들은 나를 감싸주었다. 그래서 아이들은 나를 더 싫어했다. 모두가 날 무시했다. 《우리들의 일그러진 영웅》의 엄석대는 나였다.

그렇게 여름방학이 시작되었다. 적어도 한 만큼 당했다고, 뿌린 대로 거두었고 인과응보의 의미를 깨달았다고 생각했다. 왜 알아야 할 때는 모르고, 시간이 지난 뒤에야 깨달아 후회하는지 나는 궁금했다. 직접 겪어 보지 않고는 왜 깨닫지 못하는 것인지, 결국엔 알 수 있었다.

진정한 친구

사람마다 생각하기 나름이듯이 나는 진정한 친구가 무엇인지 잘 모르지만,

내가 정신을 차리고 나서 어울린 친구들을 진정한 친구라 부른다. 친구가 얼마나 소중한 존재인지, 가족과 함께 인생에서 얼마나 큰 자리를 차지하는지 나는 알게 되었다. 당시 열세 살, 6학년 2학기 시작부터 졸업할 때까지 가장 큰 행복을 느꼈고, 그 아이들과 공유하고 나눌 수 있었다.

6학년 3반 담임은 권미진 선생님이었다. 2009년 우리 학교로 새로 오셨는데 당시 나는 담임선생님이 너무 싫었다. 하지만 지금이 돼서야 너무 그리운 선생님이다. 4학년 때 b라는 친구와 쌓아두었던 감정을 풀었다. 불행 중 행복으로, 같은 반인 b와 친하게 지낼 수 있었다. 처음에는 버릇과 습관이 아직 남아 있어 이 친구에게 무엇을 계속 부탁하고 시키고, 어느 부분에선 상처를 주기도 했다. 왕따를 당해서 더 이상 나쁜 짓을 안 하고 다녔는데도 나는 내가 마치 모든 것을 다스릴 수 있다고 생각한 시간이 그리웠고, 성격적인 부분에서 그런 모습이 남아 있었다.

b와 나, 그리고 민석, 태민, 원석, 대현, 종수, 현창이라는 친구들과 한 반에서 지냈다. 학교를 다닐 때까지만 해도 몰랐다. 내가 얼마나 그 친구들을 좋아했는지, 집에서 이사 확정이 나고 엄마에게 애원하면서 울 정도였다. 애들이 나 없으면 안 될 거라고 얘기했지만, 사실은 애들이 없으면 안 되는 나 때문이었다. 같이 어울려 놀면서 정말 행복을 느꼈다. 요즘엔 잘 못 느끼지만 정말 행복이라는 단어 두 글자가 나를 말해주고 있었다.

나는 한번 좋아하면 친구든 누구든 올인한다는 것을 알게 되었다. 그것이 너무 골치 아프고 힘들다. 시간이 흐를수록 이별이 다가왔다. 결국엔 초등학교를 졸업했다. 지금도 연락이 닿거나 졸업사진을 볼 때 애들 얼굴을 보면 가슴이 먹먹하다. 보고 싶어서 답답할 때가 너무 많았다. 긴 시간이 지나고 나서야 좋은 추억으로 남길 수 있었다.

아무도 모르는 이곳

졸업하고 이사를 왔다. 고잔동이라고 했다. 살게 된 집은 중학교에서 매우 가까운 거리였고, 엄마의 계획적인 이사였음을 알게 되었다. 더 이상 나쁜 짓을 하지 않는 건 사실이었지만 선배나 친구들이 나를 가만히 두지 않을 거라는 생각이 들어 엄마는 이사를 감행하셨다. 엄마는 옳았다. 어른들의 말씀이 옳다고 깨달았다.

안산 단원중학교에 입학했다. 아는 얼굴은 없었다. 중학교 근처에 있는 화랑초와 고잔초의 아이들이 섞여 있었고, 아는 사람은 없었다. 초기에 어떻게 하다 보니 반에서 나를 포함해 여덟 명의 무리가 만들어졌고, 나는 거기서 또 한 번 무너졌다. 나는 가장 뚱뚱했고 둔했다. 여자애들은 예쁘고 날씬했고, 공부를 잘했다. 처음 본 중간고사 성적 60점대. 기말고사 성적 60점대. 1학기는 지옥이었다. 여덟 명이라는 수는 너무 많았고, 그중에서도 나를 제외한, 서로 이미 알고 지내온 친구들이 많았다. 그 벽이 너무 거대해서 부수고 싶지도 않았고, 부술 수도 없었다. 매일 밤 울었고 엄마에게 짜증냈다. 엄마도 울면서 미안하다고 말씀하셨다. 나는 소외감을 심하게 느꼈고 외로움을 탔다. 남아 있는 벌을 받았던 건지는 몰라도 그렇게 사춘기가 봄바람과 함께 스며들었다.

짜증이 날수록, 소외감을 느낄수록 초등학교 때의 일들이 후회되고, 친하던 아이들이 보고 싶었다. 또 잠시 잊고 있었던, 정말 초등학교 시절 죄 없는 아이들을 때리고 욕한 추악한 내 죄를 다시 한 번 머릿속에 똑똑히 기억할 수 있는 계기가 되었다. 반에서 소속감이라고는 찾아볼 수도 없었고, 나는 자해했다. 죽지도 못할 거면서 죽을 마음도 없었으면서 칼을 손에 댔고, 목을 졸랐다. 엄마한테 들키고 나서야 나는 그만 두었다. 상처를 보면서 또 후회했다.

2학기가 시작되었다. 여덟 명에서 네 명으로 줄어들었고, 나는 그나마 좋은 아이들과 어울릴 수 있었다. 애들은 나를 많이 좋아해주었다. 처음으로 친한 친구와 영화관도 가보고 노래방에 가서 실컷 노래도 부르고 놀이공원도 같이 갔다. 소소한 행복들이 나를 안정시키게 주었고, 반에서 평범한 생활을 할 수 있게 해주었다.

공부 그리고 책

2학기 기말시험을 앞두고 공부에 관심을 갖기 시작했다. 주위에 온통 공부 잘하는 친구들밖에 없었다. 늦게나마 나는 자극을 느꼈고, 수학과 과학을 못해서 다른 과목을 집중적으로 더 공부했다. 처음으로 전교 100등 안에 들었고, 평균 30점 이상을 올렸다. 학력 우수상도 받아 평균 점수는 좋아졌다. 하지만 수학에서 점수를 많이 올렸는데도 기본 수준에 머물렀고, 수학에 소홀해졌다. 글쓰기를 좋아해서 1학년 때 상장을 많이 받았고, 계발문예창작부에서 외부 활동으로 상장을 받았다. 앞으로 더욱더 메모하거나 글 쓰는 연습을 많이 하고 싶다.

2학년에 들어오면서 다른 과목보다 떨어지는 수학에 관심을 가졌지만 그 외의 다른 과목들의 공부 방법을 바꾸어서 시험을 보고 나자, 성적이 공부한 만큼 나오지 않아 실망했다. 공부를 많이 했는데도 그만큼의 점수가 나오지 않았다는 생각이 들자 자포자기하는 심정이 들었고, 나는 '배 째라'는 성격이 나왔다. 공부를 예전보다 하지 않았다. 시험 일주일 전부터 벼락치기로 공부했고, 3시간을 잤다. 반에서 1등하는 친구보다 공부를 더 많이 했다. 그렇게 해서 1등은 아니지만 성적을 올렸고, 나는 많이 만족스러웠다. 시험이 끝나고 시간이 나자 책 생각이 났고, 밀어두었던 책을 거의 이틀에 한 권꼴로 구입해서 읽었다.

예전에는 읽어도 이해하지 못할 거라는 두려움에 구입을 미뤘던 책들을 다시 한 번 보게 되었고, 세계 명작에 관심을 가졌다. 문화생활에 관심이 많은 터라 책이 영화화 되거나 영화가 책으로 나온 경우가 읽거나 보기 편했다. 그리고 예전엔 책에서 작가가 무엇을 나타내려고 하는지 전혀 몰랐는데 어느 정도 내가 노력해서 많이 깨달음을 얻으려고 했다. 도저히 모르겠으면 인터넷을 통해 리뷰를 읽곤 했다.

이제 조금 있으면 중학교 시절이 끝나가고, 고등학교도 알아봐야 한다. 고등학교를 알아볼 때쯤이면 미래나 직업 그리고 전망, 대학교에 대해서도 알아봐야 하고. 내가 성인이 되기까지의 시간이 5년 채 되지 않는다. 내가 할 수 있는 데까지 최선을 다하고, 경험을 밑바탕으로 게으름을 피우지 않고 열심히 공부하고 싶다는 생각이 들었다.

정지아의 자서전

초등학교 5학년인 열두 살 때와 중학교 2학년인 열다섯 살, 지금의 나는 상상할 수 없을 정도로 많이 변했다. 비판적으로 볼 수 있게 되었고, 나에 대해서 냉철하게 바라볼 수 있도록 많이 노력한다. 철없는 행동과 정말 뭣 모르고 했던 짓들을 통해서 나는 내가 정말 죄 아닌 죄를 지었고 그만큼 벌을 받았다고 생각했다. 그렇게 생각이 조금씩 달라지기 시작했다. 적어도 이젠, 기분이 안 좋을 때 심한 짜증이 몸 깊숙이부터 밀려올 때마다 긍정적인 생각을 하려고 힘을 쓰고, 어떻게 하면 마음이 조금 가라앉는지, 다스려지는지, 노래를 듣거나 나가서 걷기를 통해서 조절할 수 있음을 알았다. 좋은 친구들 사이에서 좋은 감정을 느끼고 공부에 자극도 되고 우정도 느낀다. 그리고 나를 최고로 알아주는 사랑하는 엄마에게서 행복을 느낄 수 있다.

나는 일찍이 안 좋은 사건과 경험을 통해서 내 잘못을 정확히 알게 되었고, 그게 오히려 빨리 찾아왔기 때문에 이렇게 잘 살아갈 수 있는 것 같다. 그래도 아직까지 욕심이 많아서 하고 싶은 것도 많고, 학교 다니는 것이 힘들고 짜증날 때가 많아 공부하는 것 이외의 모든 것들을 포기하고 싶을 때가 있다. 부정적인 쪽으로 생각하는 부분이 많지만 고치려고 노력하고 있다. 너무 막막하고 답답할 때마다 가족이나 친구들에게 투정과 어리광만 부리지만, 막상 열심히 할 것이기에 나는 나를 믿는다.

지영희 엄마의
딸,
정지아

**2014년 7월 29일부터 세 차례에 걸쳐 지아네 집에서
작가 김순천이 지아의 어머니를 인터뷰했다**

"내가 이 아이를
어떻게 보내요…"

1.

제가 사고 나서 한참 있다가 하늘공원 갔더니, 초롱이라는 애가 혼자 왔다가 왔다고 그러는 거예요. 초등학교 때부터 친구였는데, 편지도 써 놓고 혼자만 왔다가요. 친구들이랑 같이 오지 않고. 초롱이가 이렇게 써 놓은 거예요. "지아야, 니가 예언했던 대로, 배가 침몰할까 봐 무섭다고 했는데 그렇게 돼 버렸네." 페이스북으로 연락해서 초롱이한테 물어봤어요. 지아가 무서워했다는 데 무슨 말이냐. 지아가 수학여행 가기 전날 초롱이한테 그랬다는 거예요. "초롱아, 나 무서워. 배 침몰하면 어떡하지. ㅜㅜㅜ / ㅋㅋ 야, 무서워하지 마. 니가 배 처음 타서 그런 거야. 그런 일 없을 거야." 내가 그 소리를 듣고 너무 속이 상해서 며칠을 끙끙 앓았어요.

배 타는 게 무서웠던 거예요. 감각이 남다른 편이었어요. 그날도 깜박 잊고 안 가져간 고대기와 초콜릿이 있다고 해서 점심시간에 학교까지 가서 전해줬는데 지아가 울면서 수학여행을 안 간다고 하더라고요. 걔한테 무슨 느낌이 있었던 거예요. 저는 애가 투정을 부리는 거라 생각했어요. "엄마, 나 안 가면 안 돼?" 그러면서 눈물을 뚝뚝 흘리는 거예요. 내가 그걸 쳐다보면서 애가 왜 너무 심하게 가지 않는다고 할까. 배가 무서워서 그러나, 아니면 친구들하고 무슨 문제가 생겼나. 한참을 생각하다가 그래도 지아야, 평생에 한번 있는 수학여행을 가지 않으면 나중에 후회하게 돼, 이렇게 말해 주었어요. 물건을 받아서 한참을 가만히 있더니 그냥 뚜벅뚜벅 걸어가더라고요. 자기도 포기한 것처럼요. 이렇게 걸어가는 뒷모습이 마지막이었어요.

그 걸어가는 뒷모습을 한참을 바라보고 서 있는데 내가 마음이 굉장히 안 좋은 거예요. (울음) 괜찮겠지, 괜찮겠지, 가서 친구들이랑 재미있게 놀다보면 괜찮겠지. 2학년 들어와서 좋은 친구들 만나서 정말 좋다고 했거든요. 가서 사이좋게 놀다보면 다 잊고 지내겠거니 생각했지, 상상할 수 없는 일이 일어나리라고는 생각조차 못한 거죠.
자꾸 그 마지막 모습이 아른거려요. 다른 것은 괜찮은데 단원고등학교 교정을 뚜벅뚜벅 올라가는 뒷모습이. 그게 너무 속상해요. (흐느낌) 보내지 말걸, 그런 생각이 계속 드는 거예요. 너무 미안해요. 내가 지아 마음을 조금만 헤아렸더라면 조금만, 30분이라도 더 생각을 했더라면 그냥 인천 가서 데리고 왔을 텐데.

인천에서 배를 기다리고 있는 동안 나는 명동에서 친구 만나서 같이 밥을 먹고 있었거든요. 지아한테 문자메시지가 왔어요. 안개가 껴서 수학여행을 못 간대요. 친구에게 지아가 올 때니까 우리가 안산 집으로 가자, 그러고 내려왔어요. 상록수역 정도 오니까 지아에게 다시 문자가 왔어요. '엄마 배 떠나. 저녁은 배에서 먹었고 ㅋㅋㅋ' 그래서 제가 '지아야, 잘 다녀와. 사랑 해. 사진 찍어서 엄마한테 보내고' 그랬더니 '엄마, 나 배터리 없어' 그러더 라고요. 저도 배터리가 없어서 함께 간 친구 전화번호를 가르쳐줬어요. 급 한 일 있으면 연락하라고요. 그랬더니 친구 핸드폰으로 이제 진짜 배 출발 한다고 마지막으로 문자가 왔어요.

남편은 출장 갔으니까 친구랑 같이 앉아서 이런저런 이야기를 밤늦게까지 하다가 아침에 일어나서 TV를 켰는데 세월호 사고난 장면이 나오는 거예 요. 그때부터 시작된 거예요. 모든 고통이요. 학교로 달려가니까 아비규환 이에요. 난리가 났어요. 천안인가에서 일하는 남편한테 전화가 왔어요. 놀 래서. 신천리라는 변두리에 있었는데 갈 때 사장차를 타고 가서 천안으로 급히 올 때는 택시를 타고 왔대요. 천안인데 지금 안산 갈테니까 진도 내려 갈 준비하라고 하더라고요.

지아가 젖었을 것 같아 옷을 챙겨서 남편하고 같이 내려가고 있는데 방송 에 '전원 구조는 오보'라고 뜨는 거예요. 그러니까 거기서 제가 마비가 왔 어요. 처음에 발부터 마비가 오더니 손, 나중에는 얼굴까지 마비가 왔어 요. 내가 내 얼굴을 막 때리고 그랬어요. 지아아빠는 어떻게 할 줄 몰라 하 고…. 차를 세울 수도 없고, 한 손으로는 운전하고 한 손으로는 나를 주무르면서 그렇게 진도까지 갔어요.

지금 생각해보면 그때 우리 자아가 나에게 신호를 보낸 게 아닐까, 그런 생각이 드는 거예요. 그때는 몰랐어요. 지아 찾고 장례식장에 가만히 앉아 있는데 아, 지아가 그때 나한테 온 게 아닐까, 나한테 신호를 보낸 게 아닐까, 지아아빠한테 이야기했더니 지아가 세상을 뜬 시간을 얼추 맞춰보더니 그런 것 같아, 그러는 거예요. 시간이 비슷했어요, 시간이. (계속 울음)

지아가 느낌이 있었나 봐요. 자기가 정말 좋아하는 남자애가 있었어요. 영주라고, 중학교 친구였어요. 고등학교 1학년 때 생일날 처음으로 그 아이가 지아 눈에 확 들어왔대요. 지아 생일날 〈거위의 꿈〉을 부른 보미랑 그 아이랑 몇몇 아는 애들이 파리바게트 큰 케이크를 사가지고 우리집 대문 앞에 왔어요. 촛불을 켜고 축하노래를 부르고 박수를 치고 가더라는 거예요. 밖이 시끄러우니까 내가 무슨 소리냐, 그랬더니 엄마 중학교 때 친구들이 케이크를 사들고 왔어, 얼굴이 빨개져 가지고 왔더라고요. 좋아서. 잠옷 바람으로 나가서 자기도 당황했나 봐요.

그때 영주가 눈에 확 들어왔대요. 영주가 반장이었는데 여학생, 남학생 가릴 것 없이 두루두루 친했나 봐요. 성격이 좋아가지고요. 그때부터 지아가 영주를 조금씩 더 좋아하더라고요. 그러더니 둘이 만나서 데이트를 해요. 〈남자가 여자를 사랑할 때〉, 황정민, 한혜진 나오는 영화 있잖아요. 그걸 나랑 봤는데 그 아이가 안 봐서 또 보려고 하더라고요. 그러면서 엄마, 나 어떡하지, 떨려, 그러면서요. 공부도 잘해 전교에서 1등하는 애였어요. 그 아이도 지아가 좋았나 봐요. 바로 우리 옆 동에 살았어요. 저도 그 친구가 마음에 들었어요.

근데 지아가 그 친구와 헤어지겠단 거예요. 영주가 지아를 좋다고 하니까 이번에는 지아가 싫어진 거예요. 사람 좋고 싫은 건 어쩔 수 없는 일이지만 그리 급하게 서두를 필요 없다. 수학여행 재미있게 잘 다녀와서 그런 얘기 해도 늦지 않는다, 천천히 생각해서 정해라, 그랬어요. 그랬더니 굳이 수학여행 가기 전날 앞으로 우리 만나지 말자고 문자를 보내더라고요. 그 남자애는 지아야, 한번만 더 생각해 줄 수 없겠니? 애원을 하더라고요. 나는 헤어지지 않으면 좋겠는데 지가 그렇게 결정을 내린다면 어쩔 수 없지, 니 알아서 해라, 그랬어요.

지아 장례식 때 영주가 왔어요. 누구냐니까, 영주래요. 얼마나 안고 울었는지 몰라요. 영주야, 우리 지아 잊으면 안 돼. 네, 어머니, 죽을 때까지 안 잊을 거예요, 그러더라고요. 생긴 거도 잘 생겼고 공보 잘하고 그랬는데 왜 헤어지자고 했는지 모르겠어요. 지 마음이 아니니까 그랬겠지만. 괜히 공부하는 애 방해할까 봐 연락도 못하고, 페이스북에 친구로만 걸어놓았어요. 한 번씩 들어가서 봐요. 잘 지내는 것 같아요.

그렇게 굳이 영주하고 관계를 정리하고 떠나려고 한 것도 이상해요. 지아가 초등학교 친구들도 수학여행 가기 전에 다 만나고 갔어요. 자기가 그동안 잘못한 것 있으면 미안하다고, 사랑한다고, 그런 말 하면서 울었다고 하더라고요. 자기가 그렇게 안 했으면 애들이 나쁜 길로 빠지지 않았을 텐데 애들을 잘못 리드해서 그런 길로 갔다고, 미안하다고.

지아가 되게 죄책감에 시달렸어요. 초등학교 때 친한 친구들이 있었는데 두 명이 중학교 가서 잘못됐어요. 학교도 안 다니고. 저는 지아가 그런 친구들과 사귀어서 이사를 와 버렸어요. 다른 중학교에 보내려고요. 동네를 나가도 안 마주칠 수 없고, 안 만날 수 없으니까요. 단원중 앞으로 이사를 와 버린 거예요. 애를 잘 길러 볼 마음에. 지금 생각하면 어떻게 되든지 와동에서 중학교를 보낼 걸, 그런 생각도 들고. 별게 다 후회가 되고, 별게 다 아쉽고. 내가 애를 그렇게 만든 건 아닌가, 그런 죄책감도 너무 많이 들고….

저희가 와동에 살았어요. 화정초등학교 쪽에. 지아가 초등학교 때 사춘기가 온 거예요. 키가 160센티미터인데 4학년 때 급성장하더니 5, 6학년 때 다른 아이보다 덩치도 있고, 많이 컸어요. 학교에서 애들하고 어울러 다녔어요. 선생님한테도 혼나기도 하고. 자기들끼리 못된 짓도 하고. 지아가 사춘기였기 때문에 너무 잡으면 안 되겠다 싶어서 내버려 두었어요. 너무 잘못한 것만 혼내고, 항상 지켜봤어요. 그런데 안 되겠더라고요. 선배라는 애들이 막 돈도 뺏는 모습을 목격해서 내가 그 빼앗은 애를 찾으러 선부중학교까지 가고, 혼도 내고 그랬어요. 그런걸 보니까 이 동네에서는 안 되겠더라고요. 그래서 단원중학교 앞으로 이사 간 거예요.

지아가 중학교에서 생판 모르는 애들하고 어울리게 됐잖아요. 친구들이 다

선부중학교에 갔는데 자기만 단원중학교로 가니까 너무 외로워하고, 낯선 애들과 적응해야 하니까 되게 힘들어 했어요. 그래서 겨울방학 때부터 제가 데리고 다녔어요. 애한테 그런 생각을 안 갖게 하려고. 대학로, 신촌, 홍대, 명동 이런 데로 연극 보러가고 영화도 엄청 봤어요. 엄마, 나, 강남가고 싶어, 그러면 강남 데려가고. 여기저기 돌아다닌 거예요. 일본라멘도 먹고 싶다고 하면 라멘집 가서 먹고. 애 수준에 맞춰서 놀았어요. 명동 가서도 충무김밥 먹으러 가고. 교보문고에 가자고 하면 가서 노트 한두 권이라도 사고. 지아는 되게 대형서점을 좋아했어요.

내가 지아를 데리고 다녔으니까, 이번에는 지아가 친구들을 데리고 다니는 거예요. 유민이, 지원이, 정원이, 돌아가면서 데리고 다녀요. 충무김밥 사 오라고 돈을 줘요. 여기서는 먹을 수 없으니까. 그러면 그걸 사들고 다니는 거야. 엄마 줄 거라고. 동영상도 있어요. 팝콘 튀기는 소리가 들리는 것 보니 극장인 것 같아요.

2.

제가 지아 네 살 때 지아 생부하고 이혼했거든요. 그해 남동생이 교통사고로 세상을 떴어요. 제가 너무 힘들었는데 이혼까지 하게 된 거예요. 아버지가 원호대상자여서 천호동 보훈병원에 입원해 계셨어요. 우리도 병원 옆에서 살았어요. 그 다음해에 아버지까지 돌아가시니까 최악의 상황이 된 거예요. 그때 정말 힘든 시기였어요. 엄마와 여동생과 나, 셋이서 양재동에서 살았어요.

거기서 살 때 고등학교 친구한테서 지금의 지아아빠를 소개 받았어요. 지아아빠가 그 친구 남편의 친구였거든요. 지아아빠는 그때 총각이었고 나는 돌싱이었으니까 결혼 같은 건 생각하지 않고 그냥 이성친구로 지냈어요. 그러다가 친구도 안산에 살고, 지아아빠도 안산에 직장을 둔 거예요. 그래서 안산으로 내려왔어요. 여동생도 시집가니까 더 이상 지아를 데리고 있기가 미안하더라고요. 지아아빠도 같이 살자고 하고. 그래서 지아하고 안산에 자리 잡게 된 거예요. 그 사람은 가진 게 없었어요. 오직 가진 거라곤 성실함 하나였는데, 저도 가진 게 없어 처음 10년을 고생했어요. 지아 생부가 성실하지 못한 게 질려서 이혼했는데 이 사람은 가진 건 없어도 성실하니까 그걸로 됐다, 그랬어요.

지아가 한 5년은 힘들었어요. 5년 동안 마음의 문을 열지 않더라고요. 이 사람도 살갑게 대하는 편이 아니어서요. 그러니까 저는 더 지아한테 잘해야 한다는 생각밖에 없었어요. 나는 오로지 지아에게 나의 모든 사랑을 다 줘야 한다고 생각했어요. 아빠 사랑을 못 받았기 때문에 아빠의 빈자리를 채워줘야 한다는 생각밖에 없었어요. 지아는 어떻게 생각했는지 모르지만 해 달라는 것 다 해주고 싶었어요. 내일 돈이 없다하더라도 지아가 먹고 싶다는 것 웬만하면 다 사주고 그랬어요. 자기 딴에는 성에 안 차겠지만. 그래도 지아가 나를 잘 따랐어요.

저는 지아아빠와 살면서 경제적으로는 어려워도 진실한 마음을 느낄 수 있으니까 좋은 거죠. 지아도 아빠가 진심으로 대해주니까 마음의 문을 열더라고요. 이 사람의 일이 회사 다니는 일이 아니라서 일이 있다가 없다가 해요. 그러면 제가 쪼들리잖아요. 그러면 지아도 많이 힘들어 했어요. 지아가 고등학교생이 되니까 이렇게 놀고 있을 수만은 없구나, 싶어서 제가 산후 관리사를 한 2년 넘게 했어요. 교육받고 했는데 우리 지아가 많이 좋아하더라고요. 엄마가 일하는 모습 보니까 많이 좋았나 봐요. 힘들고 돈을 많이 벌지는 못하지만 우리 지아에게 쓸 수 있으니까 저도 좋고, 지아도 좋아했어요. 엄청 행복해했어요.

방학 때는 웬만하면 일을 하지 않으려고 하는데 급한 일이 생길 때도 있어요. 그러면 애를 혼자 두고 나가야 되니까 편지를 많이 썼어요. 그때 쓴 편지를, 어느 날 보니까 내 편지를 한 장도 버리지 않고 다 모아놓은 거예요. 너무 고맙더라고요. 아무데나 놓아도 상관없는 엄마 편지를 한 장도 버리지 않고 파일에 넣어서 보관해뒀다는 게. (울음) 너무 고맙더라고요. 제가 책상 서랍을 열어보니까 있더라고요. 그때는 내가 써 놓고도 읽어보면 웃음이 나고 그랬는데 이렇게 슬픈 처지가 될 줄은 몰랐죠. (울음) 내가 일 나가면 지아가 아침에 일어났을 때 아무도 없으니까 좀 그랬나 봐요. 엄마, 편지 써놓고 갈 거지? 그럼 제가 저녁에 써놓기도 하고, 아침에 급하게 몇 자 적고 나간 적도 있고. 사랑한다는 말밖에는 해줄 말이 없으니까. (울음) 지아야, 며칠만 참아. 우리 놀러도 가고 지아가 먹고 싶은 거 사줄게. 그러면 참는 거예요.

2학년 돼서는 애들하고 너무 잘 지냈어요. 친구들이 마음에 들었대요. 많이 어울렸어요. 한 달 반 짧게 어울리다 갔지만 정말 잘 지냈어요. 우리 지아가 애들하고 보는 영화, 엄마랑 보는 영화, 정해놓아요. 이 영화는 엄마랑 꼭 볼 거야, 그래요. 영화도 많이 봤어요, 너무너무 많이 봤어요. 〈우아한 거짓말〉, 〈겨울왕국〉, 〈설국열차〉…, 새로 나온 영화는 거의 다 봤어요. 〈설국열차〉를 보면 계급탈출이 나오잖아요. 그거 보고 와서 그래요. 올림픽 기념관에 가면 반공호가 있는데 엄마, 나는 우리나라 전쟁 나도 혼자 꼭 살아날 수 있을 것 같아. 아, 그래? 네가 영화를 너무 많이 봐서 그런 거 아니야. 아니 엄마, 나는 꼭 살 것 같아. 재난이 닥쳐도 자신은 꼭 살 것 같다는 거예요. 그럼 다행이다. 지구의 종말이 와도 자신은 생존할 수 있을 것 같다고 장난으로 말하곤 했어요.

3.

작년 3월에 지아아빠하고 지아하고 저하고 셋이서 뭘 사러 나갔어요. 물건을 사고 있는데 지아가 아빠한테 그러더라고요. 아빠, 이제 지아, 아빠 딸 맞지? 그럼, 아빠가 죽는 날까지 아빠딸이지, 그렇게 말하더라고요. 그런 거 물어본 것도 너무 이상하고. 이제 지아가 아빠한테 마음의 문을 연거예요. 아빠, 나 길러줘서 고마워. 그 소리 듣고 저는 좋았어요. 지아가 내가 아빠는 별로 챙기지 않고 자기만 돌보니까 아빠가 불쌍하다는 걸 안 거예요. 한번은 아빠는 왜 엄마 좋아했냐고 물어보더라고요. 나도 몰라, 아빠가 이러더라고요. 생각도 깊어지고 아빠에게 고마움도 표현할 줄 아는 걸 보니 지아가 많이 컸다고 느꼈어요. 대견하고 너무 고마웠죠. 지아아빠가 그랬어요. 지아야, 다른 건 많이 못해줘도 읽고 싶은 책은 아빠가 다 사줄 테니까 필요하면 말해, 다 사줄 테니까. 그 말을 하는 데 많이 고맙더라고요.

제 고등학교 동창들은 부와 명예를 가지고 살고 있어요. 그 친구들 만나면 자꾸 비교가 되는 거예요. 친구들하고 연락을 끊었어요. 30년지기인데요. 그래서 제가 되게 힘들어 했어요. 중앙동 카페 벤에서 지아하고 둘이 앉아서 커피 마시면서 이런저런 이야기를 하고 있는데 지아가 엄마, 하고 부르더라고요. 왜? 그랬더니 "엄마친구들 안 만나서 외롭겠지만 외롭다고 생각하지 마. 그 이모들한테는 없는 딸이 엄마한테는 있잖아. 내가 있잖아, 엄마." 그러면서 막 우는 거예요, 지아가. 같이 손잡고 막 울었어요. 너무 고마워서 말을 못했어요. 그런 생각을 하고 있다는 것 자체가 내 마음을 알고 있다는 거잖아요. 그런 딸이었어요, 지아는 저한테. 그게 너무 생생해요. "지아야, 엄마는 지아 없으면 못 살아. 지아 없으면 그날로 죽어버릴 거야, 알지?" 근데 내가 지금 죽지도 못하고 살아 있어요. (흐느낌) 그런 게 지아한테 너무 미안해요. 편지를 매일 매일 쓰고 싶어요. 지아한테 할 말이 너무 많아요. 지금은 마음으로만 말하고 듣고 그러고 있는데 어쨌든 마음이 잡히면.

지아 친구들한테 학교 이야기 들어보면 여자친구들 사이에서 지아가 언니 같은 존재였대요. 무슨 문제가 있으면 상담해주고 배려해주고. 근데 남학생들한테는 자존심이 좀 셌나 봐요. 제가 지아한테 그랬거든요. 자기 자신을 지키고 사랑할 줄 알아야 한다고요. 그래서 지아가 조금 성깔부리고 까탈스러운 것도 엄마는 좋아, 그렇게 말해줬어요. 그게 자존심이거든요. 특히 남자들한테는 네가 강하다는 것을 보여줘야 한다, 그랬거든요. 남자친구들이 지아한테 잘 다가가지 못했다고 하더라고요. 그래도 이야기는 많이 했나 봐요. 시은이라는 남학생이 있는데 한 번씩 지아하고 페이스북을 했던 것 같더라고요. 어머니, 지아가 자서전 쓴 것 보여줬어요, 그러더라고요.

4.

지아가 굉장히 방황을 많이 했더군요. 지아가 특히 자아가 강하고 감수성이 예민해서 그런 거 같은데요.

초등학교 4학년부터 6학년 때까지 아이들을 데리고 다니면서 리드를 했어요. 한마디로 짱이었다가, 지아가 6학년 때는 거꾸로 왕따가 된 거예요. 6학년 초까지만 해도 짱이었어요. 학기 중간쯤부터 왕따가 된 거예요. 왕따되니까 너무 놀란 거죠, 자기도. 짱이었을 때 아이들한테 잘 못하니까, 정지아, 저렇게는 아니다, 싶으니까 왕따를 시킨 거죠, 제 생각에는요.

친구들이 너무 좋고, 자기가 막 선배들한테 맨날 돈 뜯기면서도 애들하고 몰려다니면서 자기가 하자는 대로 하니까 너무 좋았던 거 같아요. 그게 짱인 줄도 모르고…. 애들이 지아 말을 들어주니까 같이 휩쓸렸는데 어느 날 보니 자기가 짱이 되어 있대요. 하려고 해서 한 게 아니라, 애들은 다 조그맣고 비리비리한데 지아는 등치도 크고 하니까. 지아가 좀 카리스마가 있어요. 엄마한테도 그러더라고요. 응, 저런 면이 있네, 할 정도로 카리스마가 있었어요. 자기 말을 누가 잘 들어주고 따라주고 하는 것에 대해 쾌감 같은 걸 느끼는 것 같아요. 누구한테나 있겠지만. 그러다가 거꾸로 왕따가 된 거예요. 내가 그랬어요. 너는 왕따가 되어도 싸. 네가 친구들한테 잘해주지 못해서 이렇게 된 거야.

애들하고 장난치느라 학교 인조잔디를 망쳐가지고 선생님한테 혼난 적이 있어요. 학교에서 난리가 났죠. 돈이 얼만데. 학교에 갔다왔는데 맞아서 부어가지고 왔더라고요. 너는 맞아도 싸다, 잘못했으니까. 왕따 되면서 애가 너무 외로운 거예요. 그 애들만 무리 지어서 다니니까 외톨이 되고 또 무서움도 느끼고. 엄마, 개네들이 무서워, 그러더라고요. 도저히 안 되겠다 싶어 제가 이사를 갔잖아요.

하늘공원에서 있는 지아를 자주 찾아주는 초롱이가 지아가 왕따 당해 혼자 있을 때 계속 친구해 주고 지켜봐 주었어요. 제가 초롱이한테 지아 외로울 때 옆에 있어 줘서 고마워 그랬더니, 어머니, 저도 혼자예요, 친구 없어요, 그러더라고요. 맨날 지아를 차로 화정초까지 태워서 학교를 보내요. 그러면 초롱이가 항상 학교 앞에서 기다리고 있어요. 지아가 초롱이를 통해 예전에는 보이지 않던 반 친구들이 보이기 시작한 거예요. 민성이, 초롱이, 대현이… 남자애, 여자애 할 것없이 어울러 다니면서 너무너무 친하게 잘 지냈어요. 학교 가는 게 너무 행복했던 거예요.

6학년 말, 졸업을 며칠 앞두고 울더라고요. 엄마, 그 아이들이랑 헤어질 걸 생각하니 너무 슬퍼, 내가 왜 진즉 그 아이들을 몰랐을까, 그러더라고요. 지아야, 졸업은 끝이 아니라 다시 시작이고, 언제든지 만날 수 있어. 엄마도 초등학교 친구들 지금까지 만나는 거 너도 봤잖아. 서로가 마음만 있으면 계속 만날 수 있다, 그러고 달래줬어요.

그때 잠시잠깐 어울렸던 친구들을 고2때까지도 못 잊어했어요. 보고 싶은 아이들이 많이 있었거든요. 그래서 수학여행 가기 전에 만난 거예요. 그 중에 민석이*란 친구가 있어요. 와동에 있는 친구들이 다 왔는데 민석이만 일이 있어 못 왔나 봐요. 그 아이만 못 만나고 온 거예요. 엄마, 다음에 보지, 뭐. 그래 억지로 만나지는 게 아니니까 나중에 우연히 연락이 되어 만나게 되면 만나. 근데 네가 와동 애들하고 어울리지 않았으면 좋겠어. 이렇게 이야기했다가 한바탕 했어요. 엄마는 왜 나를 못 믿느냐고. 너는 믿지만 또 휩쓸리다 보면 너 상처받을까 봐 엄마는 싫다, 그랬어요. 지아가 그 일로 삐졌어요. 금방 풀리긴 했지만요.

중3, 고1 때까지는 학교친구 문제 때문에 많이 힘들어 했어요. 공부 때문에도 그랬지만 친구들 때문에 가장 힘들어 했어요. 공부는 학원도 다니지 않고 자기 스스로 하는 스타일이었고요. 인간관계에서 많이 힘들어 했어요. 남이 나를 어떻게 볼까, 괜히 자기 스스로 상처받고, 자기가 해석하는 그런

*시 '민석에게'의 주인공

스타일이었어요.

어떤 면에서는 부러운데요. 친구 사이에서 충분히 갈등하고 우정도 쌓고…, 이런 게 청소년기에는 중요하잖아요. 지아는 나름 충분히 한 것 같아요. 지아는 어떻게 글쓰기를 좋아하게 되었을까요?

모르겠어요. 지아가 책을 어떻게 좋아하게 되었을까…. 처음에는 제가 전집을 많이 사줬어요. 《한국문학전집》, 《세계문학전집》 같은 거요. 되게 싫어했어요. 절대 안 읽었어요. 그래서 다 팔아버렸어요. 조카도 주고. 50권, 100권 있는 전집이 이상하게 저는 좋더라고요. 내 나이가 있어서 그런 건지 몰라도, 보기만 해도 든든한데 지아는 되게 싫어하고. 자기 원하는 책 한 권씩 사서 보면 좋겠다고 해서, 네가 원하는 대로 하라고 말해주었어요. 그러면서 조금씩 책을 읽기 시작하더니 읽는 걸 진짜 좋아하게 됐어요. 엄마, 이 책 정말 좋아. 엄마한테 도움이 될 거야. 오히려 거꾸로 자기가 읽은 걸 내게 읽어보라고 권해주더라고요.

책을 한두 장 읽으면 졸리는 거예요, 일하고 와서 보니까. 엄마 끝까지 읽고 나랑 이야기하자, 하면서 내가 끝까지 읽었는지를 물어봐요. 정호승 시집 같이 읽고. 이 사람 너무 좋지? 와, 정말 대박이다…. 한 권을 사다 읽고 마음에 들면 또 사서 읽는 거예요. 이 대목 너무 멋있다, 어떻게 이런 표현을 할 수 있지, 어떻게 달빛이 편지를 읽었다, 이런 표현을 할 수 있지….
제가 학교 다닐 때 친구들 연애편지를 다 써줬거든요. 애들이 소질 있다고 그랬어요. 무슨 소질이야, 그랬는데. 영희야, 너를 생각하면 깊은 산속에서 글 쓰고 있는 네가 보여, 그러는 친구들도 있어요. 나는 뭔가 표현하고 싶어도, 쓰고 싶어도 그렇게 못한 거죠. 지아가 그렇게 하니까 나는 대리만족이 되는 거예요. 너무 좋은 거죠. 지아야, 엄마는 너무 좋다. 네 머리에서 어떻게 이런 표현이 나오는지 신기하다…. 담임선생님이 종례시간에 일어나 보라고 하더니 '정지아는 앞으로 우리나라의 신경숙 같은 작가가 될 것이다', 칭찬해주셨대요.

5.
중학교 2학년 겨울방학 때 지아하고 부석사에 갔어요. 눈이 엄청 많이 온 날이었어요. 택시 대절해서 가는데, 눈이 하얗게 쌓여서 풍광이 엄청 멋있었더라고요. 근데 지아는 별로 였던 것 같아요. 영감이 안 온대요. 차라리 수원 운주사가 더 좋다고 그러더라고요. 안산 진덕사, 강화도 보문사, 제주 민속촌…, 지아랑 그런 곳을 갔어요. 한번은 지아가 엄마, 나 절에 가서 살 거야. 글쓰면서요. 절에 가면 누가 공짜로 해준다던? 돈을 벌어야지. 얼마를 벌면 돼? 천만 원은 있어야 하지 않을까. 알았어, 엄마. 돈 벌어서 갈게, 그랬어요.

지아는 전남대 국사학과나 국문학과에 꼭 가겠다고 했어요. 국문학과에 가고, 국사는 국가에서 실시하는 시험(한국사능력검정시험)를 봐서 합격한 다음에 박물관 큐레이터가 된다고 했어요. 어느 날은 대통령도 된다고 했어요. 엄마, 나 열 받으면 대통령 돼서 나라를 확 바꿀 거야. 선생님 되는 건 어떠냐고 했더니 선생님은 싫다고 하더라고요. 작가는 어때? 작가는 잘 모르겠는데 먹고 살기가 힘들 것 같다고 그래요. TV드라마 작가는 괜찮아, 돈 많이 벌어, 그랬어요. 돈을 많이 벌든 안 벌든 중요한 건 자신이 하고 싶은 거 하는 거야, 그러면서요.

박물관 큐레이터 하고 싶다고 해서 용산에 있는 국립중앙박물관에 데려갔어요. 되게 잘해 놓았더라고요. 나는 다리가 너무 많이 아프니까 너 혼자 돌아보라고 했더니 알았어요, 그러면서 다 돌고 오더라고요. 자기는 을지문덕을 엄청 좋아한다고. 왜 하필 을지문덕이야, 그랬더니 선생님이 을지문덕 이야기해주셨는데 감동 먹었대요. 얼마나 용맹스럽고 얼마나 멋진 분인대요, 그러더라고요. 그때부터 역사에 흥미를 갖기 시작했어요. 국사는 거의 올백이고, 모의고사에서 1등급을 받았어요. 전수영 선생님께서 1등급인 애는 지아밖에 없다면서 너무 좋아하셨대요. 지아만 데리고 나가서 스파게티를 사 주셨어요. 아, 또 가슴이 아프네.

전수영 선생님이 2년 연속 지아 담임이었거든요. 1학년 때는 선생님께 인사만 했고, 2학년 때는 상담을 했어요. 지아에 대해서, 대학에 대해서 한 시간 정도 이야기했는데 선생님이 정말 애기 같고 좋으신 거예요. 1학년 때 지아를 아주 예뻐해 주셨는데 2학년 때 또 선생님반이 돼서 너무 좋았어요. 애들은 어떨지 몰라도 엄마들은 한번 담임한 분이 해주시면 정말 좋아요.

안심이 되니까. 생판 모르는 선생님보다 쭉 봐왔던 선생님이 좋잖아요. 선생님 장례식장에 가서 얼마나 속이 상하던지. 가슴이 너무 아팠어요. 전수영 선생님 아버님이 딸 시신을 찾았을 때 딸이 살아온 것처럼 반갑다고 했어요. 선생님이 되게 늦게 나오셔서 많이 힘들어 하셨거든요.

6.

정말 이 모든 게 꿈 같고 실감이 나지 않아요. 지금도 혼자 멍하니 앉아 있으면 지아가 올 것 같고 말하는 것 같고 알아보는 것 같고. 내가 지 생각하면 생각하지 말라는 것 같고…. 지아랑 여러 군데를 다녔으니까 거기 가면 지아가 있을 것도 같고…. 지아 물건 올라왔는데 다 녹슬어서 버리고 옷만 빨아서 다시 가방에 넣어놓았어요. 교복 같은 것 하나도 안 버렸어요. 하복, 춘추복, 체육복도 다 빨아서 책상 위에 올려놓았어요.

조카가 며칠 전에 군대 갔거든요. 죽은 남동생 아들이요. 사고 후에 전화가 왔더라고요. 고모, 나 꿈꿨는데 하면서요. 나하고 조카 사이에 지아가 서 있는데, 지아가 조카를 바라보면서 오빠, 우리 엄마 많이 울지, 그러더라는 거예요. 조카가 너네 엄마 너 뒤에서 울면서 너를 보고 있잖아, 네가 직접 말해. 그랬는데도 끝까지 뒤를 돌아보지 않더라는 거예요. 그 소릴 듣고 며칠 동안 얼마나 가슴앓이를 했는지 몰라요. 내가 운다는 거 다 알고 저가 나를 보지 못하는 거예요. 내가 보고 있을 거라는 걸 저도 알고…. 저 마음도 얼마나 아팠겠어요. 그 소릴 듣고 미치겠는 거예요, 마음이. 남들은 나보고 울지 말라고, 좋은 데 못 간다고 그러는데 내 생각엔 좋은 데 갔구나.

그래도 내 마음 속 지아는 못 보내. (울음)

지아랑 함께한 것들이 너무 많아요. 같이 놀고, 잠들 때까지 재워 주고, 자는 거 보고 가려고 하면 엄마, 나 아직 잠 안 들었어 그러고. 엄마 뒤에서 안아줘, 엄마 내 배 위에 다리 올려줘…. 학교 가면서 기분 좋을 때는 사랑한다고 하트 날리고 가고, 기분 나쁘면 항의한다고 째려보고 가고. 등교할 때면 교복, 스타킹 다 준비해서 침대 위에 올려주고. 저는 그렇게 하는 게 행복인 줄 알았어요. 남들은 지아한테 내가 잘했다고 하는데 나는 잘한 게 없어요. 못한 것만 생각나고, 가슴 아프게 한 것만 생각나고….

어떤 아버지는 깁스를 한 아들을 보냈다면서요. 그 마음이 어떻겠어요. 안개가 꼈는데 출발한다고 하니까 배 안에 들어가 끌고 나온 아버지도 있다고 하더라고요, 위험하다고. 저도 인천으로 가서 데려왔어야 하는데 그러질 못했어요.

7.
우리 반에 송지나라는 애가 있어요. 지나도 단원중학교를 다녔다 하더라고요. 지아가 언젠가 한번 이야기한 것 같아요. 지나하고는 그렇게까지 친하지는 않았던 것 같은데. 근데 진도체육관에서 지나가 어떻고 하는 소리가 들리기에 우리 딸은 지아인데 거기는 지나인가 보구나, 이름이 참 비슷하네, 이렇게 생각한 적이 있어요. 근데 그 엄마가 저한테 다가와서 혹시 지나 알아요? 2학년 2반인데, 하고 물어보는 거예요. 그래서 딸 이름 들어본 것 같다고 그랬더니 막 우는 거예요. 지나를 아는 부모님이 별로 없다는 거예요. 그냥 스쳐지나가는 거라도 지나를 기억하고 있으니까 너무 반가웠던 거예요. 지나 엄마랑 맨날 울면서 같이 이야기하고 그랬어요. 이제 송지나 엄마랑 되게 친해졌어요. 하늘공원 지아 옆에 지나가 있고.

지나랑 지아랑 같은 날 나왔어요. 지아가 나왔다고 해서 갔는데 제가 지아를 보자마자 기절해서 쓰러져 있었어요. 링거주사를 맞고 있는데 막 울음소리가 나요. 지나야, 지나야 딸의 이름을 부르면서 우는 소리가 들리는 거예요. 아, 지나도 발견이 되었구나, 하고 생각했어요. 그런데 내 몸이 그러니까 그 언니를 어떻게 보살펴줄 수가 없는 거예요. 링거도 대충 맞고, 지아가 차고 있던 팔찌, 반지, 귀걸이, 염주 등을 받으러 갔어요. 물건을 받고 나서 DNA검사를 하러 가고 있는데 지나 엄마가 실려서 나오는 거예요. 언니랑 나랑 계속 연관이 되네요. 같은 날 나왔지, 같은 하늘공원에 누워 있지, 분향소 옆에 나란히 있지…. 언니랑 친해져서 계속 같이 했어요.

9일째인 4월 24일 애들이 한꺼번에 많이 나왔거든요. 안산에 연락해보니까 온누리 병원에 빈소가 하나 비었대요. 근데 그곳에 가기가 싫은 거예요. 내가 병원을 아니까. 인터넷으로 찾고 수소문해서 수원 쪽을 알아보니까 성빈센트 병원이 괜찮다고 하더라고요. 거기에 예약해서 갔어요. 헬리콥터 타고. 병원이 너무 좋아요. 수원 쪽은 유가족이 나 하난 거예요. 공무원들이 잘해주더라고요.

지아 마지막으로 보러 오라고 했을 때 사람들이 들어와서 지아 얼굴을 만지고, 볼을 만지고 이러는 거예요. 그 느낌이 너무 싫었어요. 그래서 나가라고 그랬어요. 나 혼자만 있었어요. 한쪽 눈이 찌그러져 있더라고요. 까졌어요. 아무리 멀리 있어도 우리 지아인지 다 알겠어요. 내가 사준 나이키 추리닝 한 벌에, 귀걸이 하려고 뚫은 귀, 단발머리⋯.
거기서 가까운 화장터에 갔는데 우리 애들이 너무너무 많은 거예요. 막 밀려 있어서 기다려야 되는데 아이고, 정말 그것도 못할 짓이더라고요. 생각해봐요. 그 많은 단원고 애들을 화장하려고 기다리고 있는 모습을요. 너무슬펐어요. 그 모습을 잊을 수가 없어요. 제가 화장터에 들어가서 계속 지아 관을 잡고 떨어지지 않으니까 사람들이 그만 하라고 말렸어요. 너무 안 떨어지니까⋯. (울음) 못 떨어지겠는 거예요.

성빈센트 병원에서 지아 속옷을 벗기느라 가위로 다 잘라놨어요. 추리닝 옷은 안 찢고 벗겨서 주더라고요. 봉지에 싸서. 그것을 빨아서 49재 때 태웠어요. 나이키 운동화 하나 사서. 신발을 계속 사달라고 했는데 못 사줬어요. 제가 수학여행 갔다오면 사줄게, 그랬거든요. 49재도 진덕사에서 지아랑 함께 했어요. 일주일에 한 번씩 49일 동안 갔어요. 스님이 너무 울지 말라고, 울면 힘들다고⋯. 지아가 형체가 안 보인다고, 엄마 곁을 안 떠나고 있다고 그러시더라고요. 저는 지아가 곁에 있는 것 같아요. (울음)

미술관에 오는 트리우마를 치료하는 선생님하고 이야기를 해보았는데 지아가 엄마, 아빠 사랑을 알고 갔으니까, 엄마가 얼마나 자기를 사랑하는지 알고 갔으니까 괜찮다고 그러시더라고요. 울음이 나오면 우시라고. 지아를 사랑한 것만큼 계속 우시라고. 지아가 보이는 것 같고, 목소리도 들리는 것 같다고 그러니까, 당연한 거라고. 당연히 보이는 것 같고, 들리는 것 같을 거라고, 맘껏 표현하라고 그러시더라고요.

제가 지아 영정사진을 맨날 끌어안고 자요. 근데 네모나니까 좀 불편하더라고요. 제가 십자수를 좀 배웠어요. 십자수 가게 아주머니가 언젠가 사진도 할 수 있다고 얘기한 게 기억이 났어요. 그래서 찾아가서 핸드폰에 있는 지아 사진을 보여주면서, 이 사진 도안 뜰 수 있나, 했더니 할 수 있대요. 그 사진을 쿠션으로 만든 거예요. 끌어안고 잘 수 있게.

49재를 다 치르고 한참 있다가 집에만 있으면 안 될 것 같아 남편한테 산후관리사를 한다니까 괜히 남의 집 애기 안고 있다가 지아 생각하면서 놓치거나, 목욕 시키다가 놓치면 남의 자식까지 잡으니까 웬만하면 마음이 좀 가라앉을 때까지 하지 말라고 해요. 그래서 하지 않았어요.

마음이 정리되면 안산에 어디 오갈 데가 없는 신생아들이 있으면 돌보면서 살고 싶어요. 내가 신생아를 잘 돌보니까요. 버려진 아이들이 있는 곳에 가서 봉사활동하면 그분들한테 도움이 될 것 같아요. 저도 애들 목욕시키면서 마음의 위로가 될 것 같기도 하고요.

"…야, 내가 이런 말까진 정말 안 하려고 했는데, 진짜 너, 진짜 웃겨. 내가 기│

같아서 창피하지만, 쓰러진 그날 내가 쓰러진 건 알겠는데 앞뒤 다 잘라먹었○

데 사람들 시선이 이상하잖아. 몇날 며칠을 끝까지 캐물어서 중기 오빠한테 기

많은 곳 앞에서 면전에 대놓고 화냈다며. 그러고 나서 3일 동안 훈련 빠지고 시

병원에선 심신안정 취하라는데 오히려 스트레스 받아서 불면증 걸릴 뻔했어

지, 이미지 깎아먹는 네 소문이 나도는 건 아니겠지 걱정하고 있었는데 돌아오

지막 날인지 알려주지도 않고 파주 가는 버스로 올라탔잖아 너. 나는 네가 무슨

보로 그렇게 생각 없이 군 거야, 기성용. 지금 내가 듣고 싶은 말은 정말 따로 있

가 너한테 물어 보고 싶다, 성용아."

지아의
노트

ㅓ 알고 있었잖아. 내가 지금 변명하는 것만

ㅐ까 생각할 겨를도 없었고, 그냥 있었지. 근

ㅏ 그 사람 잡아먹을 듯이, 그것도 그 사람

ㅏ타나지도 않고 잠수를 타. 난 그거 때문에

문에 사람들한테 안 좋게 보이는 건 아니겠

ㅓ녕 나타나지도 않고, 합숙 마지막 날도 마

ㄷ 가는 애인 줄 알았어. 알아? 어쩌자는 심

ㄷ 그 사람 이름은 여기서 왜 꺼내는 건지, 내

지아의
습작 1_시

우리 엄마 불쌍한 줄 알고 세상에서 가장 대단한 사람인 줄 알고
끅끅 울 때 모른 척 해주고 다 울고 나서 늘어난 팔소매로 눈물
닦으며 "지아야 뭐 먹을래?" 했을 때 아무 말 없이 안아 드릴 수 있길
우리 엄마 새 발의 피도 못 미칠 만큼 같이 힘들어 해 줄 수 있길

1
자란다.
멈추질 않는다.
밀어내도 다시 오며
따가움과 거침으로
내 손마디들을 긁어 댄다.
다스리려도
달래도 봤지만
그 자리에서 그대로
멈추지도 돌아서지도 않는다.
그는 내 안에서 끊임없이 자라며
내게 매일을 온다.
〈털〉

2
죽은 개의 검은 발톱
어머니의 검은 손바닥과

고등어의 푸른 척추

검게 멍든 우리 아버지 피부에

가득 핀 벌건 피지

검은 눈깔의 갈치

검붉은 고기

회색 먼지들과 바래진 검은 면 티

콜라보다 더 진한 소주

시장 바닥 위 검은 가래들

검은 눈 마주침

시꺼먼 내 마음

〈나성시장〉* 안산 초지동에 있는 시민시장

3

괜찮다.

딱 좋아하는 날씨다.

선선한 바람이 우리 추억까지

휩쓸고 가지만

괜찮다.

딱 맘에 드는 하루다.

자꾸 떠오르는 얼굴에 가슴이

먹먹하지만

괜찮다.
딱 간이 맞는 생선구이다.
아무 생각도 없이 한 입 먹어보니
결국 눈물이 짜게 흐르지만
〈어느 날〉

4
눈물이 흐르고 마를 만의 고통이었다
저절로 욕이 튀어나와 입을 막고
눈물이 다시 찔끔 흘러나온지 오랜데도
얼얼함은 나아질 기미가 보이지 않아

마취된 눈 위로 느껴지는 아픔보다
매일 밤 잡고 있었던 그 사람의 거친
손이 아닌 예쁘고 매끄러운 간호사의 손이
나도 모르게 괜히 더 서럽게 느껴지고

연고를 바르니 괜찮아지는듯 싶어
숨이라도 한번 크게 쉬어보려는데

다시금 짜내는 아픔에 결국 성질을
못 이기고 소리 내어 울고야 말았다

세 시간이 지나야 안대를 뗄 수 있으니
집에 가서 한숨 푹 자라고 그랬다
세 시간만 지나면 잊혀질지 그 시간만
지나면 아프지도 서럽지도 않을지
나는 아직 알 수 없었지만

부운 눈이 어느새 가라앉기 시작하고
아무 생각 없이 눈 주위에 남아있던
눈물자국을 열심히 닦기 시작했다
〈다래끼〉

5
아저씨*, 일어나 보세요
정신 차리시고 옷 걸쳐 입고
벨트는 웬만하면 좀 잠그시고

이제 일어나서 저 광경 좀 보세요
아직 축제가 끝나지 않은

여의도의 모습을

저 곳엔 어떤 의식도
어떠한 사랑도 없이
오직 자신들의 흔적과
자국만이 가득할 뿐

시커멓게 타버려 아무것도
남지 않은 텅 빈 아저씨 마음에서
일어나는 붉은 불꽃보다 어두워서

누구하나 빈 유리병 마냥
그 자리 그렇게 가만히 누워있는
아저씨를 아무도 신경 쓰지 않네요

아아. 다시 누우세요
구겨진 겉옷에 묻은 먼지는
제가 떼어 드릴게요
길바닥에 잠든 아저씨를
깨울 이는 아무도 없을테니까요.
〈불꽃 축제, 여의도에서 1〉 *버려진 소주병

6

왜 그렇게 펑펑 시끄러운 소리를 내며 하늘로 예쁘게 잘도 튀어 오르는 건지, 그래서 그렇게나 사람들의 관심을 받는 건지, 나는 불꽃이 다 얄미웠다. 씹고 있던 오징어는 코를 간지럽히는 버터 향에 턱관절을 당기며 불쾌하게 이를 간지럽혔을 뿐이고 갓 튀긴 뻥튀기는 팔릴 생각도 하지 않고 길바닥 위에 그냥 쌓여있었다. 입 안 가득 남은 그 찝찝한 이물질처럼 그냥 별것도 아닌, 그야말로 축제에 너무 쓸데없이 많은 사람들이 와서는 이쑤시개 찾을 생각은 않고 무작정 이곳을 찾는 것 같았다. 그래서 나는 매년 아빠의 장사를 도우며 새벽 아침부터 돗자리와 도시락을 바리바리 싸들고 멀리서 오는 사람들을 우습게 생각했다. 하지만 것보다 더 우스운 건 나 자신이었다. 혹시나 하고 비슷한 체형이나 스타일의 사람을 보면 시선을 쉽게 거두지도 못하고, 그렇다고 마음껏 의식하거나 바라보지도 못한 채 혹시나 내 앞을 지나가진 않을까 몸을 움츠렸다. 그러다 서로 좋아라하고 입었던 흔한 브랜드의 커플티를 입고 돌아다니는 사람들을 보면서 그때의 내가 나를 향해 돌아서며 비웃진 않을까 어쩔 줄을 몰라 했다. 한두 번은 또 '여기 계산이요' 하는 소리를 듣지 못해 혼이 다 났다. 그 성질내는 소리도 듣지 못하고 멍하니 저 멀리서 웃으며 다가오는 네 모습을 상상해야만 했던 내게는 매일이 축제고 또 매일이 쓰레기장인데.

〈불꽃축제, 여의도에서 2〉

7

우리 엄마 불쌍한 줄 알고 세상에서 가장 대단한 사람인 줄 알고
끅끅 울 때 모른 척 해주고 다 울고 나서 늘어난 팔소매로 눈물
닦으며 "지아야 뭐 먹을래?" 했을 때 아무 말 없이 안아 드릴 수 있길
우리 엄마 새 발의 피도 못 미칠 만큼 같이 힘들어 해 줄 수 있길

•

나는 시간이 갈수록 커지지만
때를 밀어주는 엄마의 등은 변함이 없다.
나는 머리 모양을 매일 바꾸지만
그 독한 냄새의 파마머리는 변함이 없다.
나는 짜증이나 낼 때야 주름이 보이지만
엄마의 이마에는 매일 하나씩 주름이 늘어난다.

•

빨간색으로 물든 단풍을 보며 좋아하던 엄마 생각이 나.
고개를 들어 나무를 올려보면 단풍잎이 떨어지고
그 단풍잎을 만지던 엄마 얼굴 그려보면 내 마음이 따뜻하고,
가을에 단풍나무 구경을 가면, 단풍나무가 가을을 빛내면
내 인생에서 엄마는 아름다운 빛인 거야.

〈변함이 없는 것(엄마 시리즈)〉

8

그 사람과 헤어지고 돌아온 날 밤
베개를 끌어안고 눈물 참았던 걸 알고
그렇게 참다 한 손으로 가슴 움켜쥐고
몸부림치면서 울지 않으려 노력했던
당신의 그런 모습을 내가 안다면

하루가 넘어가는 열두시에 떠진 눈이
당신의 이야기를 읽어 내려가며
얼얼하게 저려오는 내 마음에
그대가 얼마나 힘든지 나는 감히
가늠할 수 없었지만

밀려오는 후회가 곧 몸을 집어 삼키고
평생 안고 가져가야 할지도 모르는
여러 점이나 구멍들로 남기고 새겨

어느 곳에 자리를 잡거나
그것조차 허락하지 않는다면
아예 가슴을 뚫어버리겠지만
점차 잊혀질 것이라는 위로를 건넨다면

그려지지도 떠오르지도 않아
비참한 세상에서 가장 익숙했던
그 얼굴만큼만

꿈에 나와 당신의 모든 것을 조각내고
걷잡을 수 없이 커지는 그리움이
멋대로 몸을 움직이게 만들어 버릴
그런 시간만큼만

질끈 감은 눈에서 나온 한방울에
아직도 아프구나 한 번 중얼거리고
그래서 마음과 코를 시리게 하는
그런 짜디짠 눈물만큼만
〈그만큼만 아파하다 잠들라 말하면 그대는 조금 괜찮아질까〉

9
3년 전 그날 밤 잠을 설치게
만들었던 슬프고 무서운 꿈이 아닌
생생하게 몸으로 느껴지던 살 얼려오는
차가운 바다가 아닌

햇살 비춰오는 따스한 풀 위에서
46명의 아들들이 나와 같은 곳에서
다른 이들을 마주보며 얼굴에 꽃을
가득 피우고 인사했다.

나의 꿈도, 우릴 향해 굳게 서있는
그들의 꿈도 절대로 헛되이 보내지
않게 하기 위해서 일어난 아침
그 꿈을 마음에 수백 번 새겼다.
〈2013 천안함 추모〉

10
그것이 손인지 발인지
그냥 세다보니 다섯 개였고
붉었다가 하얗게 질렸다가
결국엔 살구색이기에
그냥 그런 줄만 알았지

작은 고사리 같은 손으로
할 줄 아는 건 하나 없었고
한동안은 누군가의 손을

꽉 잡고만 있었지

자기 손가락만 빨 줄 알았더니
물을 묻히고 불에 데이고
가위를 잡고 칼을 쥐고
모기까지 죽이더랬지

검지와 중지 사이에 연필을 쥐며
무언가를 미련하게 쓰기 시작했고
비오는 날이면 우산을 잡아들고
익숙한 손을 떠나 난생 처음
선생님의 부드러운 손을 잡았지

젖니 빼던 어느 날 너는 계속 울기만 했었는데
사랑니를 빼고 돌아온 날 얘기를 들어보니
다행히도 옆에 있는 간호사의 하얀 손을
힘껏 잡고 있었을 뿐 울지는 않았더랬다

그날 적당히 기른 손톱에 예쁘게 색칠을 하고
열심히 말린 뒤 집을 나가 밤을 만났고
해 뜨는 줄도 모르고 행복에 겨워 마냥 좋던

그 남자 손을 잡고 있었겠지

손으로 입을 가리며 부끄러운 듯 웃으면
누군가에게는 두근거림을 안겨줬을테고
친구들이 슬퍼하면 상처받은 그 마음을
네가 열심히 어루만져줬겠지

어느 순간 이제 그 손은
넘치게 누군가를 안아 받고
어떤 날에는 냄새나는 똥오줌까지
가득 묻혀야 했으며

그 누군가가 가위질 하는 내내
졸음을 참고 곁에 있으면서
탈이 나거나 체라도 하면
등을 세게 쳐줘야 했지
시간 흘러보니 주름 가득한 손에
세제용품을 매일 얹어내고
찬물에도 미동 없이 반응했지만

된장찌개를 만들 때 내는 손맛이 생겼고

자는 아이의 천사 같은 얼굴을
하염없이 바라보며 쓰다듬을 수 있어
그것에 마냥 행복했지

짧다고도 길다고도 누구에게 한탄조차
할 수 없는 오십년 인생에서
이마에 그어진 주름보다 오히려
그 예뻤던 손에게 괜히 미안해져
딸이 선물해준 핸드로션을 발라보지만
찝찝함에 얼마 못가 다시 닦아내야만 했고

이제 누군가 나를 잡아주길 바라지도,
누군가를 잡아주고 싶지도 않은
못난 손 안에 아직 다 크지 않은
자식만이 남아있는 것 같은데
그 자식이 언제 또 이 손을 놔버릴지,
언제 홀로 남겨질지 걱정뿐이었다.

내 손에는 이 손에는 저 손에는 그 손에는
아직 잊지 못할 누군가가 지나갔으며
지우지 못할 상처가 남아있구나

이렇듯 차갑기도, 따듯하기도 했던 시간들이
단지 빨리 굳어버리길 흐릿해지길 바라면서

나를 보며 꼬리를 흔드는 강아지를 매만져주고
나와 닮은 손을 잡고 있는 이 시간을 후회하지 않으며
내 분신과 같은 너를 보며 오늘 밤에도 잠이 든다
〈손〉

11
나는 네가 끝도 없이 불안해졌으면 좋겠다.
그게 네가 학창시절 죽어라 한 공부에 대한 성적이건
그 결과물의 끝인 좋은 대학의 면접을 하루 앞두고 있는 저녁이건
코앞에 두고 있는 취직의 문턱이나 대기업이나 중소기업의 면접이건
행복을 도저히 빼 놓을 수 없는 결혼식이나 자식의 돌잔치에서건
무슨 특별할 날 할 것 없이 매일이고 또 매일이고
네가 서 있는 그 자리에서 무너지고 떨어졌으면 좋겠다.
웃지 않고 우는 게 더 익숙하며 무표정이 일상이 된 너에게
사람들은 더 이상 다가가지 않고 멀리하며 닿기조차 꺼려하다가
어느새 무생물 같은 존재가 되어버렸으면 좋겠다.
하지만 네 고통이 계속 지속되거나 어느 순간 멈추는 것이 아니고
매일 눈 뜨자마자 떠오르는 걱정거리과 고민에 허우적대다가

그 호수 끝에서 네가 나른함에 천천히 가라앉으면
돌덩이를 하나 들어 네 배에 올려놓고 싶을 뿐이야.
〈무제〉

12
이 주체할 수 없는 기분과 울컥함을,
저 몸 끝에서부터 치밀어 오르는 그리움을
대체 어디에 적고 어떻게 표현해야 하며
쳐도쳐도 아무리 쳐봐도 답답한 내 속을
그 누구에게 꺼내 보여줄 수가 있을까.

나는 단지 네가 미친 듯이 보고 싶은데.
그 말을 어떻게 해서든 내뱉어야겠는데
그때의 우리가 너무 보고 싶고 그립고
그게 어디서든 간에 행복하게 웃고 있는
함께였던 모습이 자꾸 떠올라 괴로워.

어떤 노래를 들어도 어떤 영화를 봐도
가라앉지 않는 이 향수는 머리나 마음
할 것 없이 언제나 내 주위를 둥둥 떠다녀.
지우고 싶어도 차마 쉽게 지워지지가 않아.

연필 잡을 때 보이는 내 오래된 중지의 굳은살처럼.

좋은 추억은 추억으로 남겨야지 않겠니
너를 우울하게 만드는 건 네 자신이야.
걱정 어린 친구의 이성적인 충고에 기분이
상하거나 돌이라도 맞은 듯 멍해지지도
않았어. 단지 친구가 아직 이러한 그리움을
겪어보지 않았으니 그게 다행이라고 생각했다.

생각하면 하염없이 불쌍하고 불행한
슬프고 아픈 그런 기억들이 아니고,
그렇다고 되돌아갈 만큼의 큰 행복도
아니었지만 너무나도 사소하고 작은
행복이었기에.

억지로 굳이 떠올리려는 게 아니고
그냥 숨 쉬듯 자연스레 생각이 나서.
꿈에 나타날 때면 내 무의식마저 불쌍해
그 얼굴이 괜히 미웠고

지나간 사람이니, 지난 시간이니, 그런 추억이니

그런 과거이니 더 이상 빠져들지 말고 사람들은
내게 거기서 나오라 말하지만 그 보기 좋은
모범답안을 알고 있으면서 난 단 한 번도 정답을
맞춰본 적이 없었어.

흔히 공감할 수 있는 감정도 단순한 깊이의
그리움도 아니니 이해해라 공감해라 알아달라
달래줘라 잖는 소리 하는 게 아니고.
친구 옷소매 붙잡고 징징거리는 것도 아니고

살면서 그런 기분만큼은 되도록 느끼지 않게,
후회를 남기지 말라고 바짓가랑이 붙들고
말했으면 말했고 빌었으면 빌었지. 나는 남
들이 생각하는 그때의 열세 살 애기가 아니야.

내 향수는 지나치게 향이 진했고 오래 남아서
그만큼 아무는 데 오랜 시간이 걸리고 나서야
더 이상 먼저 긁지 않게 될 수 있었지만 샤워를
하거나 때를 밀어도, 다른 향수들로 그 윗자릴
채워 봐도 내 상체엔, 내 가슴엔 그대로 배어 있어

가끔 그려보다 울컥울컥 차오르기도 하고
아프기도 하고 시간을 내서 만나보고라도 싶단
생각을 하지만 또 이유를 대보라면 수백 가지,
수천 가지 이유로 난 그 동네를 찾아갈 수 없어.
감히, 함부로, 어떻게 등 따위를 말 앞에 달면서

우리는 서로 다른 곳에서 다른 세상에서
다른 추억을 만들고 다른 사람이 되어 있을테니,
그 시간을 아무리 그리워해봤자 돌아오지 않을
시간이라는 것도, 그 사람을 아무리 보고 싶어
해봤자 돌아갈 수 없는 사람이라는 것도 아니까,
따끔따끔 참을 수 있을 만큼만 아프다.

불행하지 않은 내 지금의 현실에도 불구하고 그럼에도
불구하고 또 변명을 대자면, 나는 불행하고 우울하고
힘들 때만 함께 했었던 시간이 떠오르는 게 아니니까.
행복하고 기쁘고 즐거울 때도 마찬가지니까.
세상 어디서든 뭘 하고 있던, 하고 있지 않던 그렇게
속수무책으로 떠오르니까

사실 난 다 인정하고 받아들인 지 오래야.

한참도 더 전에, 한참도 더 지났지.
과거를 추억하며 슬퍼하는 것이 얼마나 비참하고
추한 짓인지 알게 된 건.

그러니까 시간아. 내 세월아 이제 그만 내게서
떨어져 줘. 더 이상 이 딱지는 건들지도 않을 테니까.
건들기도 두려울 테니까. 남아있는 이 작은 알맹이도
가끔씩 커져 내 마음을 버겁게 하니

어떤 자국도 흔적도 내음도 소음도 남기지 말고
이 향기를 다 가져가줬으면 좋겠다.

그리고 이제는 꿈에서만이라도 나와 달라고 빌었던
어제의 나와는 달리 이제는 꿈에서도 나오지 않게

모든 걸 다 데려가줬으면 좋겠다.

〈민석이에게〉

지아의
습작 2_ 소설

그 모습을 더 오래 감상하고 싶은 것도 잠시, 닳을 듯한 눈에 시선을 황급히 돌리고
앞에 가득 채워져 있는 소주잔을 들어 빠르게 목으로 넘겼다. 어디로 둬야할지
몰라 당황하는 바람에 마주보고 앉아있던 보경과 눈이 마주쳤다. 입모양으로
보경이 짓궂게 '누나라도 왔어요?' 하고 속삭이며 키득댔다. 순간 중기 형이 벌떡
일어나서 지아야, 하고 외쳤고 보경은 입술을 삐쭉 내밀며 웃어보였다. 꿀밤이라도
한 대 쥐여 주고 싶은 것을 간신히 참아냈다. 중기 형의 외침에 의무실 스텝들의
몇몇 이목만이 돌아갈 뿐, 맛있게 구워진 삼겹살과 목살에 초점을 잃어버린
사람들은 그다지 관심이 없었다.

"지아가 축구를 보러가자고 했어요. 엄마가 무슨 축구를 보러 가냐, 그랬더니 엄마, 가자, 기성용이 나올 때 어쩔 수 없이 인터넷으로 티켓 예매해 가지고 함께 갔어요. 구자철 좋아하는 지아 친구랑 지아랑 두 번인가 더 갔어요. 월드컵 때문에 축구에 몇 개월 푹 빠져서 지내더니 나중에는 무슨 소설 쓴다고 난리를 피우는 거예요. 시간이 지나면서부터는 시들해졌어요.

자기가 구상이 떠오르잖아요, 예를 들면 조선시대 시대극을 보면서 구상이 떠오르면 막 나에게 이야기를 해줘요. 상상한 걸 이야기를 하더라고요. 그러면 나도 어, 그거 괜찮은데? 한번 써 봐, 그러면 알았다고 그러면서 쓰는 거예요. 스토리를 자기가 딱 잡더라고요. 엄마 이 스토리 어때? 괜찮다. 어, 그래 알았어. 써 볼게. 스토리만 잡고 안 쓰는 것도 많고 그랬어요. 영화 같은 것 보면서 자기 같으면 저렇게 하지 않고 이렇게 했을 것이다. 특히 로맨스 이런 거. 시대극도 많이 좋아했어요.

뭔 작품을 쓰면 나에게 맨 먼저 보여줘요. 엄마, 이거 느낌 어때? 뭐가 잘못된 것 같아? 표현이 어때? 음, 이 소설은 내 생각에는 앞뒤가 없이 무조건 읽어라 하는 거 같아. 남들이 볼때는 이게 뭔지 모를 것 같은데. 그거를 맞춰서 해봐. 더 나을 것 같아. 그러면 쓴 걸 또 고쳐 쓰고, 또 고쳐 쓰고 그랬어요. 지아, 그렇게 되고나서 그 소설들이 노트북에 없으면 어떡하지? 했는데 다행이 그 안에 다 있더라고요…."

태릉선수촌 2012

선수촌에서 한 달에 한 두 번씩 감독들 합의하에 열리는 큰 회식자리가 있다. 우리는 파주에서 훈련을 마치고 돌아와 합석하기 위해 걸음을 향했다. 태릉에서 차를 타고 내려오다 보이는 사립대의 캠퍼스와 밤을 점점 밝혀주는 번화가 거리를 창문 밖으로 얼굴까지 내밀고 바라보았다. 다신 볼 수 없을 것만 같던 이 익숙한 밤거리의 내음새와 시원한 바람이 얼굴을 스쳤다. 후보 선수로 시작하여 차마 나갈 수도 없을 것 같은 큰 필드의 경험들과 그에 따라 오는 좌절과 부상에도 불구하고 난 매번 운좋게 큰 문제없이 다시 잘 일어나곤 했던 것 같다. 그 중에서도 물론 말로 다 표현할 수 없는 기적 같은 일들과 결과적인 성장이 기사들을 장식하기도 했지만, 어쨌든 한편에 걸린 칭찬으로 가득한 기사와 나를 띄어주는 기분과 동시에 나의 나약함과 싸워 이겨내야만 했다. 청소년 대표팀 1군과 2군 모두 3주 동안의 1차 파주트레이닝을 무사히 마치고 나니 꼭 나 혼자만이 그렇게 성장해 있던 것은 아니었다. 선수촌의 합숙과는 비교도 되지 않는 좋은 음식들과 대우에도 불구하고 음식이 코로 들어가는지 입으로 들어가는지 알 수 없을 정도의 부담감과 압박감, 책임감 그리고 그 끝의 삭막함 들에 대해 나는 한걸음 더 다가서야만 했다. 신예주로 눈길 받던 어린 시절의 나는 말 그대로 어리기만 했을 뿐 다른 게 아무것도 없었다. 새로 들어온 감독이 나를 우연히 주전으로 넣어주고 나서부터 일어났던 일들과 선수촌, 파주에서의 경험. 그 시간들이 더욱 나를 성숙시키게 해주는 좋은 계기였다는 것이 분명하듯, 아직까지 내 머릿속에 생생하게 남아있는 그날의 나의 모습 또한 부정할 수 없는 것은 분명했다.

회식자리에는 유도 신입선수들과 인턴 기간을 마친 전체 스텝들과 대회에서 승을 거두고 돌아온 배구팀과 파주에서 훈련을 마친 축구팀을 비롯하여 생각보다 많은 인원이 모였다.

피곤에 곯아떨어져 가는 길목까지 고개를 젖히고 잠에 빠지는 선수들이 있는가 하면 감기는 눈에 불을 켜고 시끄럽게 진행되는 게임내기 따위에 지지 않으려 승부욕을 걸고 노는 선수들도 있었다. 후자 쪽이 대부분 자철이 같은 분위기 메이커들이 모여서 노는 식이었다. 그 밖에 또 시끄러운 건 무조건 질색이기 때문에 이어폰 두 쪽을 모두 귀에 쑤셔 넣고 창문 밖을 바라보며 센티멘털함을 즐기는 나 같은 선수들도 있었다. K리그 행사나 인터뷰 등으로 빠진 축구선수들이나 몸이 불편해 바로 치료를 받으러 가야하는 선수들도 있었기에 파주에서 이동할 때 이용했던 큰 고속버스가 아닌 선수촌에서 빌려온 회색 스타렉스가 우리를 목적지로 향해 달려가고 있었다. 어느 모로 정신없는 큰 봉고차 여러 대가 같은 한식당 집을 향해 그렇게 이동하고 있었다.

생각을 하기만 해도 머리에 쥐가 나는 기분이었다. 파주트레이닝센터로 가기 전, 아주 급격히 일어났으며 결국 포기할 수밖에 없었던 일을. 그렇기 때문에 내가 저지른 일에 대해서 분명하게 수습하지 못하고 수면 아래로 묻어두었던 일들을 오늘에서야 다시 꺼내들어 수습해야 할지도 모르는 일이니, 나는 걱정부터 앞섰고 도통 어디서부터 시작해야 하는 건지 감이 오지 않았다.

쉴 새 없이 진행되는 훈련과 드디어 국가대표에 첫 발자국을 뗀 황홀한 기분에 잠시 잊고 지낼 수 있었던 사건이 코앞으로 다가온 것만 같다. 한 달전, 나는 모두가 보고 있는 앞에서 조준호에게 불같이 화를 내고야 말았다. 그날 이후 이틀 정도 남은 선수촌 합숙날을 나는 어디서 한번쯤 들어본 영화 제목을 빌려 감히 '48시간의 지옥'이라고 표현하고 싶다. 의무실 근처에 가기만 해도 움찔거리는 몸도 그랬지만 그 전에 내 소중한 내장들을 철렁거리게 만들었던 그 인턴 자식이 다시 선수촌으로 복귀했음에도 불구하고 오히려 눈에 띄지 않게 숨어 피해 다닐 수밖에 없던 내 마음까지도. 그러고 나서야 파주에 도착하고 난 후 그 대가를 두 배로 만끽할 수 있었다. 감독부터 스텝, 선수들의 형용하기 힘든 야릇한 시선을 견뎌내며 눈치를 보는 것부터 시작해서 조금은 갈굼 섞인 눈길도 함께. 철용과 자철이 문자로 우린 항상 네 편이라고, 용기를 북돋아주었지만 사실 이성을 잃어버린 그날의 나는 내가 아니었다고 내 자신 또한 지금도 그렇게 믿고 있다.

'씨발 꺼지라고. 어?!! 비키라는 말이 안 들려?'

나보다 20센티미터는 더 작아 보이는 놈을 향해 내려다보며 목에 힘을 바리바리 주어 핏대까지 세워 소리를 질러댔던 그 장면이 떠올랐다. 눈을 질끈 감으며 쪽팔림에 몸부림도 쳐봤고 주먹을 있는 힘껏 여러 번 쥐어 봐도 결국 돌아오는 대답은 하나같이 병신소리뿐이었다.

종목을 따질 것 없이 코치들이 자주 이용하는 단골집에 도착했다. 선수들 또한 자주 다니는 한식당이었는데 돼지갈비가 가장 유명했다. 나도 한두 번 선수촌의 특식을 저버리고 자철이 손에 이끌려 와 본 기억이 난다. 사람들은 모두 하나같이 차에서 내려 경기를 앞두고 준비 운동을 하는 듯이 마냥 스트레칭을 해보였다. 누군가는 허리를 쭉 피고 누군가가 듣기를 바라는 듯 '아, 오늘 컨디션 죽이네!' 라고 저마다 외쳤다. 감독님은 실컷 먹을 준비가 되었냐며 선수들을 향해 호탕한 웃음을 날렸다. 감독님들은 사실 들어가면 고기 몇 점 잡지도 않는데 그것은 원래 우리와는 달리 그만큼 자주 드시는 이유일 것 같았다. 많은 인원에 주차장에서만도 가득히 채워지는 사람에 고깃집 안이 빠르게 분주해졌다. 차에서 마지막으로 내린 주영이 형이 내 앞으로 다가와 팔을 잡아끌었다.

"야. 나 미연이랑 같이 앉아야 되는데, 네가 좀 대신 감독님 옆에 앉아라."

"어."

"어디 아프냐? 인상이 왜 그따구냐. 고기 많이 먹어야지 자식아. 이제부터 시작인데 풀이 죽어서는."

"알겠습니다. 형님"

"새끼가."

문을 열고 들어가 자리에 착석하기 위해 신발을 벗었다. 이어폰을 배어 돌돌 말아 주머니에 대충 쑤셔 넣고, 핸드폰을 빼서 괜히 열어본다. '문자 1, 부재중 0통' 작은 글씨로 상단 바에 표시되면서 문자 진동이 울린다. **확인** '오세연이에요. 지금 통화 가능하세요?' 누구지. 석영이 친구였던가. 핸드폰 번호를 얼떨결에 받아들여 예의상 보낸 문자로 시작되어 몇 번 주고받은 게 다였는데. VIP석에서 친구들과 나를 응원하며 앉아 있던 여자. 직업은 연예인이었나. 아무튼 그랬다. **답장** '지금은 바빠서, 나중에 연락드릴게요.' 이미지 관리 차원에서 답장까지 보내고 핸드폰을 다시 집어넣었다. 많이 컸다, 기성용.

"자자, 오랜만에 다시 선수촌 방문한 축구대표팀도 그렇고, 스텝들도 모두 인턴생활 끝이죠. 모두 수고 많이 했습니다. 그 외 선수들은 오늘 회식 날이라는 거 말 안 해도 기다리고 있었을 테고, 감독들이 쏘는 날이니까 맛있게 먹읍시다."

어디 소속인지는 다들 잘 모르겠지만 일어선 코치의 말이 끝나자 모두가 일제히 네- 하고 씩씩한 대답이 고깃집 안을 우렁차게 울렸다. 누군가에게는 귀찮고, 누군가에게는 신기했으며, 누군가에게는 싫었고, 누군가에게는 시끄럽기만한 회식 자리었지만 모두가 한자리에 모여 얼굴을 맞대고 수다를 떨며 인사하고, 감독님이 다독여주는 어깨와 동시에 술을 넘기며 듣는 충고들이 나에게 만큼은 정서적으로 정이 가득한 자리었다. 주방 아줌마들이 준비를 단단히 한 듯 분주하게 반찬 접시를 옮기기 시작했다. 바지 주머니에서 진동이 한번 느껴졌지만 가볍게 무시했다. 뽀얀 색의 연두부 위에 간장과 파가 올려져 있는 반찬 접시.

• 회상
'벌써 세 접시야. 그러다 배에 고기는 들어가겠냐?'
'서비스잖아, 서비스. 그리고 나 지금 감사하다 인사 꼬박꼬박 하고 있는데 계속 핍박하면,'
'할 말이 없다. 무슨 여자애가…'
'만약 나랑 결혼하고 나면 아침 식탁 위에서 자주 볼 반찬인데.'
'… 말은 무슨.'

가만히 의무실 스텝들이 앉아 있는 쪽을 조용히 바라보고 있는데 아무리 안 보는 척 흘깃거리며 찾아봐도 그 비슷한 머리길이를 찾아볼 수가 없다. 파마, 했는데. 파주로 출발하는 버스를 타기 직전에 마지막으로 의무실 건물 앞에서 주영과 얘기하고 있었던 그녀의 바뀐 헤어스타일을 분명히 보았다. 계집애가, 예쁘던데. 그리고 다시 눈이 돌아간 불판 위에서 무서울 정도로 빠르게 움직이고 있는 손이 집게를 잡고 고기를 뒤집고 있음을 보았다. 그 중에서 종종 성격 급한 사람들이 젓가락으로 이리저리 고기를 휘젓고 있던 순간 특유의 종소리가 문을 열림을 알렸다.

빠진 선수들 자리에 선수촌 출신 축구 스텝들과 중기 형, 안면을 터둔 의무실 스텝 몇 명이 함께 합석한 상태였다. 종목 선수들마다 나누어져 있는 룸 칸막이하며, 한식당인 고깃집 치고는 굉장히 고급스럽고 세련된 편이라는 것을 새삼 느꼈다. 동시에 살짝 열려 있는 칸막이 문 밖으로 흔들리는 종소리를 향해 아마 지금 여기에 있는 사람들 중에서 가장 먼저 돌아갔겠지 싶었다. 산뜻해 보이는 옷차림과 그날보다 풀려져 있는 파마머리가 부스스해 보기는커녕 더 예뻐 보였다. 그 모습을 더 오래 감상하고 싶은 것도 잠시, 닿을 듯한 눈에 시선을 황급히 돌리고 앞에 가득 채워져 있는 소주잔을 들어 빠르게 목으로 넘겼다. 어디로 둬야할지 몰라 당황하는 바람에 마주보고 앉아있던 보경과 눈이 마주쳤다. 입모양으로 보경이 짓궂게 '누나라도 왔어요?' 하고 속삭이며 키득댔다. 순간 중기 형이 벌떡 일어나서 지아야, 하고 외쳤고 보경은 입술을 삐쭉 내밀며 웃어보였다. 꿀밤이라도 한 대 쥐여 주고 싶은 것을 간신히 참아냈다. 중기 형의 외침에 의무실 스텝들의 몇몇 이목만이 돌아갈 뿐, 맛있게 구워진 삼겹살과 목살에 초점을 잃어버린 사람들은 그다지 관심이 없었다.

"어! 지아 씨. 안녕하세요. 오랜만이네요! 우와"
자철이 호들갑을 빼먹지 않고 일어나 그녀를 함께 반겼다. 이내 청용이 목

인사를 차례로 나누고, 나는 인사를 피하려 애써 몸을 웅크리고 두리번거리는데 옆 자리의 몇 번 말도 섞어보지 않은 스텝의 빈 잔을 보고 황급히 술을 따라주었다. 한 스텝이 지아 왔구나, 오랜만이다. 몸은 이제 완전히 괜찮고? 라며 간단한 안부를 건넸고, 안 봐도 뻔히 보이는 미소로 일관하며 여러 사람의 물음에 하나하나 바삐 대답하고 있을 모습을 생각하니 조금은 버겁겠지 싶었다.

"오랜만이에요. 진짜 다시는 못 보는 줄 알고 걱정했었는데, 몸은 괜찮아요?"

"그러니까 고기 드시러 온 거지! 형은, 하하."

"네. K리그 항상 잘 챙겨보고 있어요. 다들 몸 조심하시구요."

"말은 제일 예쁘게 하지."

중기 형이 덧붙였다.

"중기 형, 그러지 말고 축구 스텝으로 다시 들어오시지."

"난 선수촌 체질이야. 그리고 얘도 유도로 배정받았고."

"아, 직접 지원하신 거예요? 걔네 땀 냄새가 다이너마이트 급이라던데."

"제가 지원한 건 아니에요. 아직 신입이다 보니까… 정훈 감독님이 급하게 간호사 찾으실 일이 있었는데 제 친구가 얼떨결에 며칠 거기 사무실에서 있게 됐는데 저도 들어가는 바람에 미연언니랑 선수들과도 친해지고, 어쩌다 보니까요. 이러니까 꼭 변명하는 것 같네요."

오른쪽 뺨에 패이는 여전히 예쁜 보조개.

"우리랑 더 친해져야 됐겠는데!"

"고기 많이 드세요. 자철 씨."

"말 놓으세요, 존댓말 같은 건 제가 불편해서."

"네"하며 눈웃음까지 지어 보인다.

자철 씨? 자철 씨는 무슨. 어이가 없었음에 헛웃음이 터져 나올 뻔했다. 나한테는 병신, 그리고 뭐였더라. 어, 호구같이 굴지 말라며 여자가 할 수 있는 악담은 다 해놓고서. 그런데 이상했다. 한번쯤은, 한번쯤은 누구이던 간에 먼저 마주칠 것 같기도 한 눈이, 나를 봐줄 것 같은 그 눈이 전혀 닿을 기색을 보이지 않는다.

"아. 그러고 보니 성용이랑 친하시잖아요. 그 새끼 요즘 난리도 아니에요, 팬레터 막 받고 선물도 받고."

"형은 무슨 성용이 형 안티야."

"석영아, 부러운 건 부럽다고 티를 내야지. 다 사랑에서 비롯되는 건데."

"자철 씨도 곧 그렇게 되시겠죠. 오히려 더 할 것 같은데."

"아이, 부끄럽네!… 어디 가서 그런 말 하시면 안돼요. 여자 친구가 화내서!"

쓸데없는 대화에 귀를 쫑긋 세우고 처음부터 끝까지 유심히 듣고 있는 내가 무슨 일인지 갑자기 튀어나와 버린 내 얘기에 다시 몸을 한 번 더 웅크렸다. 한심하다는 생각이 솟구쳤다. 보경이 '형은 내가 지아 누나랑 안 친해서 다행이지. 친해서 인사라도 했으면 대체 어쩔 뻔 했어?' 라고 약 올렸다. 대답 않고 소주잔만 들이키자 이내 장난이요, 라며 어색하게 말을 끝마쳤다. 오늘 본 것으로 됐어, 안심하고 또 마음을 진정시켰다. 지글지글 굽고 있는 삼겹살이 입에 저절로 침이 고일만큼 맛있게 익어갔지만 목에서 찾는 것은 고기가 아닌 술이었다. 시시껄껄 모두가 즐겁게 떠들고 있는데 혹여 나만 뭔가에 잔뜩 불만을 가지고 삐진 듯, 애 같은 모습으로 비춰지고 있는 건 아니겠지 생각했다. 감독님과 보경이 왜 젓가락은 들지도 않냐며 핍박을 주었다. 결국 다시 손에 쥔 게 소주잔이었지만. 보경이 고기를 그릇에 옮겨주는 바람에 못 이겨 몇 점 주어먹다 말았다. 바깥은 금세 어두컴컴해져 갔다. 쉴새 없이 술만 들이키는 바람에 속이 쓰려오는 것을 늦게 깨달았다. 몸에서 빠르게 올라오는 열에 얼굴이 더욱 화끈거렸다. 벽만 보고 소주잔을 들이키다 시끌벅적한 이 분위기는 몇 시간이 지나도 사라질 기미를 보이지 않음을 알았고 나는 소음 때문에 귀가 다 따가워진다며 바람을 쐬고 오겠다고 한 뒤 몸을 일으켰다. 그런데 중간에 보이는 빈 자리 하나가 눈에 확 들어왔다.

"야, 성용아 너 어디 있었냐? 얼굴 벌게진 거 봐라, 기 선수. 술 많이 먹었나 보네. 같이 천천히 좀 마시지."
"너야말로 거울이나 보고 말해."
"형, 지아 누나 왔는데 인사는 하셨어요?"
석영이 물었다.
"어, 어…. 아까 했잖아."

"빨리 너 뒷담 까게 나가주세요."

벌써 시간이 11시였다. 어쩌면, 아마도 지난 시간 중 10분 동안은 그녀라는 사람 자체만을 정말 의식하고 있었고, 30분 동안은 쉬지 않고 소주와 맥주를 번갈아가며 들이켰던 것 같다. 또 한 20분 중에서 10분 동안은 잔을 내려놓고 익어가는 것으로도 모자라 타버리는 고기 살점을 멍하니 응시하다 집어먹기를 반복했고, 나머지 시간엔 먼저 가서 말을 걸어야 할지, 얼굴을 비춰야 할지 고민했다. 나머지 한 시간 동안은 감독님 딸내미 자랑을 한쪽 귀로 듣고 다시 내보내야 하기까지 했다. 대충 아무 신발이나 구겨 신기 편한 걸로 발을 쑤셔 넣고 졸린 눈으로 문을 밀었다. 문을 열자마자 시원한 바람이 얼굴을 때리고 지나가는 것이 마치 나를 기다렸다는 듯했다. 태릉에서 많이 벗어나지 않은 곳이라 그런지 은은하게 나는 산 냄새가 너무나 좋았고 시원했다. 그런데 얜 어디 간 거야.

•

"술만 먹던데, 속은 괜찮은 거야?"
화장실 문을 아무 생각없이 벌컥 열었는데, 너무 좁은 평수에 한번 놀라고 그 안에 있던 사람 때문에 또 한 번 놀라버렸다. 바닥에 맺혀 있는 물기에 다리까지 삐끗거렸다.
"어."
"경기 봤어, 기사도 읽었고."

"몸은…."

"응."

"…그래."

"응."

술때문에 달아오르던 몸이 이제 쪽팔림으로 불타오르고 있었다. 취한 척 뭐라도 저지를까 싶었다. 먼저 도망갈까도 싶었다. 어떻게 하지, 그냥 이대로 보낼까말까. 내가…미친 놈.

좁은 화장실에 몸을 억지로 밀고 들어가 문을 잠근 성용에도 불구하고 그녀의 얼굴에는 작은 표정 변화 하나 보이지 않았다. 그런 담담한 모습에 성용은 어떻게 대해야 할지 속으로 당황했지만 침착하게 그녀를 한참 내려다보다 먼저 입을 뗐다.

"너…."

"성용아."

"…"

"술 냄새."

"그게 중요한 게 아니잖아."

"숨 막혀."

작은 화장실만큼이나 작은 세면대 쪽으로 그녀를 갑작스레 밀어붙이고 몸을 가깝게 밀착시키자 그제야 조금 당황한 듯 그녀가 뒷걸음질쳤다. 하지만 시선은 계속 그를 마주하고 있었다. 순간 성용은 화장실에 냄새는 안 나서 다행이라고 생각했다.

"그러니까 너, 내가 연락…."

"나 핸드폰 잃어버렸어. 연락, 하려고 했는데. 나 알잖아. 머리에 뭐 외우고 다니는 스타일 아닌 거."

"…"

"많이 취해 보인다."

"그러니까. 아니, 씨발. 아니. 그러니까 너한테 물어보고 싶은 게 있는데."

"…"

"눈 돌리지 말고 나 제대로 봐."

"응."

성용의 목을 타고 침이 꿀꺽 넘어갔다.

"그때."

긴 속눈썹이 살짝 떨렸다. 그 큰 눈 안에 지금 이 순간, 오로지 나만이 가득 하다는 것을 알고 있었지만, 그것으로 만족하기에 나는 너무 욕심이 많은 사람이었다.

"…"

"아니, 전에. 너 말이야 그 사람이랑…."

"누구?"

"아무, 사이 아니지?"

"…뭐가."

"조준호."

"…"

"대답 못하는 사이?"

"아무 사이 아닌데."

"그럼 뭔데?"

"방금 내가 아무 사이 아니라고…."

"그러니까 뭐냐고 묻는 거잖아."

일방적으로 밀어붙이는 내 물음에 이내 인상이 구겨질 말듯 하더니 아예 정색을 하고 그녀가 대답했다.

"…야. 내가 이런 말까진 정말 안 하려고 했는데, 진짜 너, 진짜 웃겨. 내가 기다리고 있다는 거 알고 있었잖아. 내가 지금 변명하는 것만 같아서 창피하지만, 쓰러진 그날. 내가 쓰러진 건 알겠는데 앞뒤 다 잘라먹었어. 기억이 안 나니까 생각할 겨를도 없었고, 그냥 있었지. 근데 사람들 시선이 이상하잖아. 몇날 며칠을 끝까지 캐물어서 중기 오빠한테 겨우 들었는데 네가 그 사람 잡아먹을 듯이, 그것도 그 사람 많은 곳 앞에서 면전에 대놓고 화냈다며. 그러고 나서 3일 동안 훈련 빠지고 선수촌 근처에 나타나지도 않고 잠수를 타. 난 그거 때문에 병원에선 심신안정 취하라는데 오히려 스트레스 받아서 불면증 걸릴 뻔했어. 혹시라도 나 때문에 사람들한테 안 좋게 보이는 건 아니겠지, 이미지 깎아먹는 네 소문이 나도는 건 아니겠지 걱정하고 있었는데 돌아와서 마주치기는커녕 나타나지도 않고. 합숙 마지막 날도 마지막 날인지 알려주지도 않고 파주 가는 버스로 올라탔잖아 너. 나는 네가 무슨 수학여행이라도 가는 애인 줄 알았어. 알아? 어쩌자는 심보로 그렇게 생각 없이 군거야, 기성용. 지금 내가 듣고 싶은 말은 정말 따로 있는데 관련 없는 그 사람 이름은 여기서 왜 꺼내는 건지, 내가 너한테 물어 보고 싶다, 성용아."

필요했다고 변명하자면 무언가, 아주 확실한 확인이 너무 필요했어. 그렇지만 오늘은 이걸로 만족할게. 아. 술이 다시 올라오고 있었다. 머리가 지끈 쑤시면서 찢어질 듯 하는 게 저절로 인상이 구겨질 만큼.
"그리고 좀…비켜, 지금. 술 냄새 나니까."
"지아야."
"부르지 마."
"그렇게 논리 정연하고 예쁘게 말대답하면 내가 어떻게 해야 되냐."
"또 혹시나 해서 하는 말인데, 오해하지 마. 그렇다고 해도 섭섭한 거 없으니까."
"방금 누가 실컷 떠들었는데 귀신이 한풀이했나."

에라이, 모르겠다. 머리는 아프고 몸은 피곤한데 기분만큼은 좋아졌고, 아니 너무 좋아서 날아갈 것 같은 기분이었다. 한품에 가득 그녀를 끌어안았다. 발버둥치는 바람에 구두굽이 아주 정확히 종아리뼈를 맞아 악-하고 소리를 질러버렸지만 두 번째는 아프지 않았다.
"미안, 아 자꾸 웃음이 나와서, 미안."

"뭔데 껴안고… 윽!"

"월요일 날 상암으로 와, 응?"

"싫어."

"너 안 오는 날은 많이 못 뛰어서 그래. 봐주는 사람이 있어야지."

"이거 놓으면 생각해 볼게."

가장 설레고 따듯한, 그녀의 온기 안에서 한 발자국 뒤로 멀어진 채 얼굴을 다시 마주보았다. 발그레한 얼굴이 더욱 예뻐 보이기만 했다.

"화장했냐? 누구한테 잘 보이려고."

"나갈 거야. 화장실에서 지금 이게 뭐하는 건데. 비켜."

"누구한테 예뻐 보이고 싶었던 건데."

"당장 비키라고 좀!"

짜증나 죽겠다는 표정을 지으며 나를 완전히 밀쳐내는데 그것마저도 귀여웠다. 나는 헤헤거리며 바닥이 미끄럽다고 억지로 손을 잡아채 끌어 화장실 밖으로 나섰다. 문을 열고나자 세 칸 남짓 안돼 보이는 계단 밑에서 기다리며 서 있는 한 사람이 보였다. 누군지 확인이 어려워 일단 먼저 고개를 숙여 죄송하다고 사과를 하는데 대답이 없었다. 그녀가 손을 빼내려고 했지만 나는 힘을 주어 내 왼쪽 바지주머니 안으로 넣었고, 그때 차 라이트로 잠시 비추고 지나간 그 얼굴이 조준호이었음을 깨닫는 데는 많은 시간이 필요하지 않았다. 그가 한발자국 우리 쪽으로 가깝게 다가오는 바람에 나는 순간 그녀를 뒤로 물러서게 만들었다.

"미안합니다."

다시 비춘 라이트에 보이는 그 무표정에서 느껴지는 나를 향한 살기와 차가운 표정이.

"…"

"지금, 뭐 보냐?"

"…"

"뭐 보냐고 물었는데."

"그냥 여쭤 보고 싶은 게 있어서요."

아무 대답도, 반응도 보이지 않고 묵묵히 우리를 아니 정확하게 말하면 그녀를 바라보고 있던 조준호를 더 이상 기다릴 수 없어 예의를 지켜 존댓말을 섞은 것도 잠시, 다시 저절로 반말이 툭 하고 튀어나왔다. 그리고 돌아온 대답에서 진지하게, 내 앞에서. 그것도 내 뒤에 있는 이 여자에게 정말로 진지하게 무슨 할 말이 있는 건지 싶어 잠시 넋을 놓아버린 것을 바로 후회했다. 욕을 꺼낼 수도 없는 노릇이었기에 아무말도 하지 않고 있는데, 그가 예상을 뒤엎고 창을 내 머리 위로 내리찍었다.

"근데 간호사님한테는 언제든지 여쭤볼 수 있으니까."

"뭐? 완전히 돌은 거 아니야."

뚜껑부터 열리는 것이 아니라, 꼭지를 잡아 돌리니 이건 너무 빠르게 성질을 긁어왔다.

"…. 성용아."

"그럼, 또 봬요."

고민한 것도 잠시, 조준호의 그 짧은 대사가 나를 빠르게 폭발의 끝으로 데려갔다. 잡고 있던 손을 놓고 그 자식을 향해 다가가려는데 뒤에서 다시 손을 잡아 급하게 팔짱을 낀다. 하지 말라고 조용히 속삭이며 힘이 잔뜩 들어가 있는 나의 팔을 쓸어내리며 달래준다. 결국 그 상태로 나는 얼음이 되어버리고야 말았다. 먼저 뒤돌아선 조준호를 한 대 칠 수 있는 기회야 더 있겠지 싶어, 아쉬웠지만 걸음을 그대로 멈추었다.

•

"…좀, 걸을래?"

"사람들 2차 갈 텐데, 너 어서 가 봐. 나 어차피 술도 못하고."

"나도 됐다. 회식 자리가 이번만 있는 것도 아니고."

"나, 집 가봐야 해."

"미연 누나, 오늘 집 안 들어가."

"…아, 응."

"나, 아직 할말 많이 남았는데. 우리집 가서 맥주나 할래?"

붙어 있는 손을 조심스럽게 떼고, 고개를 끄덕이는 그녀에게 기다리라고 말한 뒤 다시 고깃집으로 향했다. 대충 감독님께 말씀드리고 믿을 만한 주영이 형을 찾아 귓속말로 전했다.

'미연이 누나, 오늘 집 들여보내지 마세요. 어차피 아무도 없을 테니까.'

주영이 형이 씩 한번 웃어 보이며 알겠다고 대답했다. 가지고 왔던 짐가방을 챙겨 자철에게 더 이상 피곤해서 도저히 못 있겠다며 변명으로 둘러대고 뛰어나왔다.

"맥주는 어디서 사."
"밑으로 좀 내려가면 슈퍼 있을 거야. 술 마시는 건 괜찮아?"
"응."
"…이리 와 봐."
"싫어."
"그럼 내가 가?"
"성용아."
"내가 너한테 말했었나?"
"뭘"
"네가 그렇게 내 이름 불러주면 어떤지, 어떤 기분인지."
"…두 번이나."
"술 또 올라온다."

고깃집에서 조금 걸어 내려오면 있는 작은 편의점에서 안주거리와 캔 맥
주 8개가 묶여 있는 세트를 계산대에 올려놓고, 지갑을 꺼내 계산하고 택시
에 올라탄 것까지는 기억이 난다. 택시에 타서 어떻게 집 앞까지 도착했는
지 기억이 없는 것을 보니 잠깐 잠에 들었던 것 같다. 신길동으로 가달라고
말한 것 같기도 하다. 극도로 몰려오는 피로감에 잠을 이기지 못하고 차 안
에서 졸은 것이 분명했다. 현관 번호를 누르며 기억은 다시 시작된다. 뒤따

라오는 구두소리도 함께. 집에 들어오자마자 정수기 앞으로 달려가 입안에서 나는 찝찝한 냄새와 갈증을 헹구어냈다. 그리고 누나 방으로 달려가 맞을 만한 옷을 대충 찾는데 언젠가 '야, 성용아. 니가 보기에 이 티 어떠냐? 예쁘지 않아? 남자들이 좋아할지 모르겠네.' 라고 물었던 하얀 반팔을 집어 들었다. 또 바지는, 하며 급하게 서랍장을 어지럽히는데 밖에서 기성용, 하고 나를 부른다. 나 샤워하고 싶은데. 그냥 여기 거실 화장실… 어, 아니, 거기 내 팬티…. 잠깐만 기다려 봐.

"… 나 그냥 이거 입고 자도 되는데."
"불편하잖아. 맥주 산 건 냉장고에 넣었어?"
"아, 아니. 여기."
"내 방에 있는 욕실로 들어가."
"응?"
"내 방, 아. 이리와 봐."
방에 있는 욕조가 있는 욕실문을 열어주었다. 옆의 보일러를 딸깍 소리 나게 눌렀다. 덜 잠긴 도어 록이 뻑뻑거리며 요란스럽게 소리를 냈다. 정신 좀 차리자. 심호흡을 하고 나서 나는 다시 현관문 앞으로 향했다. 비밀번호를 다시 치자 조용해진다. 찌뿌둥한 몸이 아까의 갈증만큼이나 찝찝했다. 내가 먼저 씻고 나오면 되겠지, 하고 웃통을 벗어젖히고 거실 욕실로 들어갔다. 따듯한 물로 샤워하고 나자 몸의 피로가 조금은 가신 듯했다. 머리를 말리는데 30분이 지나도록 나오질 않는데, 드라이기를 잡고 있는 내내 다리를 떨고 손톱을 깨물며 긴장한 것도 잠시, 나는 용기 내어 방으로 들어갔다.

"다 씻었냐?"

얼굴을 빠끔히 문지방으로 살짝 내밀었는데 침대 위에서 자는 듯 눈을 감고 누워 있는 모습이 보였다. 내 침대보가 언제부터 하얀색이었는지 의아했다. 혹시나 잠이 든 것일 수도 있어 최대한 기척을 내지 않으려 노력하고 침대 위에 걸터앉았다.

"성용아."

베개를 위로 해서 드러누우려 몸을 움직이는 데 나를 불렀다. 나를 부르는 목소리와 여전히 감겨 있는 눈, 긴 속눈썹과 진한 눈썹을 숨죽이고 바라보았다.

"어."

"맥주 먹고 싶은데 너무 졸려."

"…어."

"파주는 어땠어?"

"그냥 그저 그랬지…. 국가대표 선수들 뛰는 거 보고, 사람들이랑 인사 나누고 코칭 받고 계속 훈련하고. 선수촌이랑은… 비교도 안될 만큼 음식이 맛있더라."

"그건 어딜 가나 그럴 거야."

아이처럼 배시시 웃는데 다시 들어가는 보조개 두 개.

"K리그도 사실 그렇게 빨리 출전 못하는 거였는데 내가 운이 좋은 건지 모

182

르겠다. 상암에 오라고는 했지만 나 뛰는 거 보면 정말 비웃을지도 몰라. 팬히 1년 동안 벤치만 지키고 있었던 건 아닌가 봐."

"그래도, 잘하니까 인기도 많아졌고…."

"그거랑은 차원이 다른 거야. 더 노력해야 해."

"응."

"넌?"

"있잖아."

"응."

"혹시나 걱정되도 불안해하지 마. 사람들이 너 이제부터 집중하면 차질 없이 분명 국가대표 자리 들어갈 거라고, 전혀 무리 없다고 중기 오빠부터 축구 스텝 분들이 다 그러더라. 다른 선수들보다 두 배 정도는 빨리 이루어진 거니 더욱 잘 될 거라고. 나중에는 막 너무 좋아서 죽으려고 웃고 있을 거라고 그랬어. 나도 그렇게 생각하고."

"…"

"나는…."

"어."

"나는 가끔 네가 내 남자친구였으면 하는 생각이 들어."

심장이 덜컥 하고 떨어졌다가 다시 올라왔다. 이내 미친 듯이 요동쳐댔다. 머리가 멍해지는 것이 과연 얘기를 제대로 들을 수 있으려나 싶었다.

"우리는 그 누구보다 지극히 평범한 친구 사이지만, 이렇게 오랜만에 만나도 하나 어색하지 않고. 새벽 3시에 네 집까지 와서 자고 가는 것도, 아무렇지도 않게 너는 네 이야기를 하고, 나는 그걸 가만히 듣고 있을 때. 아아, 파주 가기 전에 선수촌에서 잠 안 온다고 나란히 나가서 피시방에 앉아 게임했을 때도. 이런저런 거. 너는 주위에 나보다 몇 배는 예쁜 여자친구들이 있고, 나는 사랑을 하면 유난스러워지나 지금은 차분한 걸 보니까, 너를 좋아하지 않는 것이 분명하지만 그래도 가끔은 네가 내 남자친구였으면 하는 생각이 들어."

"…"

"그리고 내가 이런 말할…."

"말하지 마."

"…"

"이제 말하지 마."

"이제는, 이젠 너도 바빠서 못 오겠지만, 선수촌 와도 의무실 들리지 마. 들려도 나, 이제 거기 없어."

"나 지금 너 입술밖에 안 보여."

"…"

"네가 나한테 했던 말 중에서 가장 좋으면서도 밉거든, 그니까…."

서서히 떠지는 눈이 나를 올려다본다. 미친 듯이 뛰게 만드는 건 여전히.

"피곤해."

"나, 술 아직 안 깼다."

"거짓말."

"알아도, 믿어."

"…"

"좋아해."

"…"

"보고 싶었어. 그리고 미안."

"…짜증나."

"늦게 말했냐. 내가."

"…"

"자라. 오빠는 거실 가서 좀 이따 잘 테니까."

섬돌이 섬순이

1.

내려다보이는 긴 속눈썹이 빠르게 떨려왔다. 고개를 아래로 떨군 채 입을 살짝 깨물어 다문 것이 이제 정말 말하지 않겠다는 그녀만의 선전포고이기도 했다. 짧은 침묵과 오직 앙다문 입술만이 매끄럽게 번질거리고 있었는데 뭘 발랐는지 한참이고 반짝인다. 아마 그녀의 사촌오빠가 서울 구경 도중 트고 색이 없는 자신의 입술을 한번 보고서는 약국에서 사다준 립글로스라고 했던 것 같았다. 아무리 무시해도 귀를 따갑게 이어지던 그녀의 서울 이야기는 며칠 동안 쉬지 않고 내내 이어졌다. 그래서인지 모두가 그녀에게 조금 지쳐 있는 상태였는데 현의 눈에는 그런 그녀의 시끄러운 모습마저도 좋아 보이기만 할 뿐이었다. 현은 은은하게 빛나고 있는 그녀의 입술을 보며 괜히 한번 입맛을 다신 뒤 말을 이었다.

"그래서 뭐 어쩌자고."
"…"
"얘기 안 할 기가."
"야."

186

"…"

"지아야."

기분이 웬만큼 최악이 아닌 이상 이름을 몇 번 부르고 나면 응이나 아니라고 짧게 대답하곤 했는데 이번엔 아주 길게 대답이 없었다. 현은 사실 그녀가 서울을 다녀온 뒤 눈에 띄게 달라진 행동에 많이 당황스러우면서도 전과는 다르게 은근히 자기를 신경 쓰고 의식하는 느낌에, 지금 같은 더위에 유난히 약해지는 그녀가 작년처럼 아무렇지도 않게 자신 앞에서 상의를 벗어대는 것보다는 낫겠다 싶었다. 친구들에게 인사동이니 가로수길이니 하며 신나게 잘난 척을 늘어놓을 때면 어깨가 위로 저절로 솟아져선 기세등등한 표정을 짓는 것도 그에겐 마냥 귀엽게 보였다. 그런 모습들도 그녀의 한 일부였기에 단지 여기서 더 까다롭게 굴지만 않았으면 하고 별 생각 없이 넘겨 이해했다.

하지만 최근 들어 도가 지나친 행동들의 연속으로 그와 그녀의 친구들은 이해하는 것을 자연스레 포기해야만 했다. 성질이라도 내볼까 아니면 속에 있는 말을 그대로 꺼내볼까 싶었지만 또 학교며 공부며 극심한 스트레스로 몇 개월 동안 얼굴에 비를 몰고 다니던 그녀가 언제까지 이렇게 얼굴에 방긋한 웃음을 가득 띤 채로 돌아다닐지 감이 오지 않아 결국 다시 내버려두었다. 그녀의 행동에서 느끼는 불쾌감은 그의 한계를 자극시키곤 했다. 어떻게 보면 말 그대로 귀엽기만 한 잘난 척에 불과했으니 이내 그녀는 친구들을 무시하는 태도까지 보이기 시작했다. 밝아 빛이 나는 얼굴엔 자만이 가득 껴있었다.

영지와 우석도 그런 그녀를 상대하며 좋은 소리가 나가지 못할 것만 같아 나름대로 현을 포함해 그녀를 제외한 셋이 같이 있는 상황에선 서로 그녀에 대해 언급하거나 마주치는 것을 자제하려 했다. 어떻게 보면 셋 중에 제일 섭섭할 것이 현이었으나 오히려 현이 우석과 영지의 눈치를 더 봐야만 했다. 그는 소문으로 듣거나 인터넷과 텔레비전을 통해 볼 수 있었던 서울의 돈 많은 가시나들과 그녀를 비교했을 때 생긴 변화는 매우 작은 축에 속했으므로 별 영향을 끼치지 않는다고 생각했지만 그 변화로 인해 자신의 하루 기분이 하늘과 땅 사이를 헤매며 올라갔다가 다시 내려온다는 점을 매 하굣길에서 깨닫곤 했다. 지겹기 다름없어 가끔 많이 지치기도 했지만 익숙하기만 한 자신의 일과에서 그녀와 같이 있는 시간이 줄어 들어갔다. 오늘로서 같이 등하교를 하지 않은 8일째 되는 날이었다. 그녀의 어머니께 인사드리지 못한 날도. 나만 보면 컹컹 짖던 그 개새끼를 아무도 몰래 꿀밤 놓지 않은 날도 포함되어 있었다.

"말 안하나."

"대체 내가 뭘 잘못했다는 거야."

기어가는 목소리였지만 정확하고 선명한 발음이 그의 귀에 박혀왔다. 그녀는 현이 듣기에 우습기만 한 서울말을 써 보이려는 듯 했고, 그 덕에 현은 웃기지도 않는 억지웃음을 입가에 지으며 속으로 그걸 니가 모르면 어떡해, 하고 생각했다. 그녀가 먼저 현을 불러낸 이유는 바로 어제 하교시간 마주친 셋과 그녀 사이에서 일어난 일 때문이었다. 먼저 우석이 그녀를 향해 밝게 인사를 건넸고 이어 영지가 아는 척을 했지만 그녀는 눈썹을 찌푸리고 인사를 무시해버렸다. 우석은 요즘 따라 이상하더니 정말 그러네, 하며 가볍게 넘겼지만 영지는 같은 여자로서 아마 많은 것을 느끼고 생각하기에 충분히 남을 시간이었음이 분명했다. 그래서 우석과 현은 집으로 가는 길 영지의 짜증 가득 섞인 뒷담화에 더 심하게 맞장구를 쳐주는 수밖에 없었다.

"뭐를 잘못했냐고?"

현은 잘못 들었거나 혹은 그녀의 실수일까 싶어 다시 되물었다. 그동안의 태도가 진심으로 자신에게 행해진 것인지 마음속으로 사실 궁금하기도 했고, 현은 혼자만의 감정이었지만 상한 마음을 들키지 않으려 여태 애써 숨겨와야만 했다.

"들었으면서 왜 다시 묻는데."

"뭐를⋯."

"그러니까 내가 뭐를 잘못했냐고."

"그건 지금 니가 나한테 말해줘야 되는 거 아닌가?"

단호하고 차가운 그녀의 말투에 그는 당황했지만 지금 적반하장의 태도를 유지하고 있는 것은 그녀였으므로 그도 지지 않고 말을 받아쳤다.

"내가 인사 안 한 게 잘못이야?"

"그럼 그게 잘한 짓이가. 그리고 내 앞에서 언제부터 되도 않는 서울말을 쓰나."

"그게 니랑 무슨 상관인데. 니는 지금 애들 인사 안 받은 걸로 내 잘못 따지려는 게 아니라 내가 니 싫다한 게 잘못했다 소리 듣고 싶은 거잖아!"

"니 지금 소설 쓰나."

그녀가 언급한 얘기는 사실 인사 사건보다 더 먼저 일어난 일이었다. 현은 다른 날과 다름없이 매일 종례시간에 뻗어 있는 그녀를 같은 방법으로, 짓궂게 놀래켜 주고 난 뒤 그녀의 비명 따위를 듣고 나면 부스스해 헝클어져 있는 그녀의 머리칼을 더 헝클어지게 만들어 놓는 장난을 치기도 했다. 그제야 그녀가 침을 닦고 잠에서 깨면 그녀의 무거운 책가방을 억지로 빼앗아 대신 들어주고 낡은 운동화 한 켤레만이 덩그러니 들어 있는 자신의 가방을 책상에 소리 나게 올려놓는 것을 반복하고 그렇게 매일 함께하는 하굣길이 시작되었다.

그날도 다름없이 그녀의 반 뒷문을 벌컥 열고 들어가서 그녀가 있는 자리로 갔다. 만약 우석이었더라면 여자반이 순식간에 콘서트홀이 되었을지도 모른다. 남자반 들락거리듯 하도 그녀의 반을 익숙하게 들어온 터라 그녀의 담임이며 학생주임이며 결국 전교생이 아마 그녀의 잠을 깨는 데 현이 필요하다는 사실을 알고 있을 것이다. 현이 자고 있는 그녀의 의자를 조용히 뒤로 잡아 빼내려 하는 순간 갑자기 그녀가 벌떡 일어나선 밑도 끝도 없이 싫다는 말을 연신 되뇌었다. 그 바람에 현은 먼지 가득한 바닥으로 쓰러지듯 넘어졌고 여자반에 웃음이 터졌다. 너무 작은 목소리로 중얼거리기에 처음엔 잠꼬대를 하는 줄 알았고 멋쩍어 바로 일어나선 어쭈 이게, 하며 딱 밤을 몇 번 놓자 현을 막무가내로 때리더니 분노에 섞인 소리지름이 이어졌다. 장난에 놀라 꽥꽥 질러댔던 소리와는 달랐다. 매우 화가 나 있는 모습이었다. 그 덕분에 몰래 뒷문으로 빠져나가 신발을 갈아 신고 있던 선아나 민주 같은 애들이 놀라 반으로 다시 들어왔고, 종례를 위해 반으로 오고 계시던 그녀의 담임선생님도 경보에 가까운 걸음걸이로 앞문에 다다랐다. 현을 노려보며 씩씩거리다 가방을 바닥에 던져버리곤 이내 밖으로 뛰어나가는데 이때 그는 사실 벙찐 표정으로 앉아 있던 여자애들이 놀란 것보다 두 배는 더 기겁하여 있었다. 무언가 잘못되었구나 싶어 그녀를 따라 같이 뛰어갔다. 1층까지 내려가선 복도 끝 과학실에 멈춘 그녀의 팔목을 잡아당겨 대체 뭐가 문제인지 언성을 높여 추궁한 것에 돌아오는 대답은 그냥 니가 싫다는 것이었다.

"대체 뭐가 싫다는 기가."

"니가 싫다."

"그러니까 왜. 내가 장난치려고 해서…."

"못 들었나. 이유가 뭐든지 니가 싫다, 싫다고."

그때의 표정이 너무 차갑고 살벌하게 느껴져 그는 잡고 있던 손에 자연스레 힘이 빠졌고, 그녀는 잔뜩 심술이 난 표정으로 계속 그를 노려보다 밖으로 달려 나갔다. 그는 그 일로 이틀이 지나서까지 왜, 왜, 왜 소리를 입에 달고 다녔다. 쉬는 시간뿐만이 아니라 수업시간에서도 1분에 한 번씩은 왜, 라며 중얼거리다가 갑자기 의자를 박차며 소리를 지르기도 했다. 그가 소리를 지르며 내뱉은 말 또한 왜였다.

"니 그때처럼 밑도 끝도 없이 말도 안 되는 소리하고 있다. 이유 없이 화내잖아. 뭘 잘했다고 소리는 높이고 지랄인데. 서울 구경을 갔다 온 게 아니라 가서 약 처먹고 왔나."

"뭐라고?"

"그럼 아니라고 할 수 있나. 그때도 반에 가시나들 다 보는 앞에서…."

"잘못 아이다!!!"

바닥으로 고정돼 푹 숙이고 있던 얼굴, 그 보고 싶고 자기 전에 오래 생각나던 얼굴이 짜증 섞인 표정 가득이 화를 내며 현에게 닿았다가 얼마 안 가 다시 바닥으로 떨어졌다.

"근데 왜 울라 하는데."

"안 운다."

"존심 챙기기는 하여튼 세계 최고다. 됐다. 내가 졌다. 니 잘못한 거 하나 없다."

"야."

"왜."

"근데 그건 잘못 아이다. 싫은 건 내가 잘못한 게 아이라고."

"됐다. 치아뿌라."

"그건 니 빠순이들한테나 바라야 되는 기고. 나는 니 빠순이 아니다."

"쫌. 뭐라 카는데."

"니 싫은 건 내 잘못이 아이라고!!!"

말과 문장이, 단어 하나하나가, 이루고 있는 모음 자음들이 그의 눈앞에 길게 펼쳐져서 그대로 그의 가슴에 박혀 들어갔다. 그는 여태 그녀와 자신이 해왔던 잦은 싸움과는 달리 이상함을 느꼈다. 그럴 일이 아닌데도 이유 없이 자존심 싸움을 하질 않나, 바늘로 쿡 찔러도 울지 않을 보통 아닌 성격에 괜히 분한지 울기까지 한다. 또 그냥 일차적인 화를 불러일으키는 짓궂은 장난이 아니라 그녀는 지금 진심 그대로 그에게 상처를 주는 말을 하고 있었다.

현은 무언가 확 올라오는 것이 같은 불알친구인 우석과 대판 싸웠던 기분과 비슷하다 생각하기도 했지만 욱함보다 저 끝에서 가득 밀려오는 먹먹함과 답답함에 말을 더 이상 잇지 못했다. 어정쩡하게 앉아 있던 벤치에서 그만큼 어정쩡하게 일어났는데 다시 앉을래야 앉을 수도 없고, 쪽팔림을 이유로 이야기를 이렇게 끝내고 집에 갈 수도 없는 노릇이었다. 생각해보니 왠지 그녀의 말은 논리정연했고 전혀 틀린 말이 아니었음에 여기서 자신도 함께 윽박지르거나 더 화를 내면 무식해 보이기만 하는 쓸데없는 짓이 돼버릴 게 분명했다.

"그러니까 와 싫냐고. 니 진심이가."

"니는 니 듣고 싶은 것만 들을라 카니까 모르겠지만 내 감정 속이면서 니 기분 좋아지라고 잘못했다. 이딴 소리 이제 하기 싫으니까 알아서 해라."

"내가 니 잘못 없다 안했나. 했잖아."

"니는 꼭 말을 해야 아나, 진짜. 왜 싫은지 말해야 아나고."

"와…, 싫은데."

"많다. 한참 많다. 와 싫냐고? 니 몸에서 옷에서 나는 할머니 비누 냄새도 싫고 우리 아빠랑 똑같은 그 아저씨 사투리도 싫다. 너만 있으면 나도 아줌마된 것 같다고. 되도 않는 장난치는 것도 싫고 매일 놀래켜선 나 갖고 장난치는 것도 싫다."

"야. 그래도 갑자기 그러니까 내가…."

"갑자기가 아니다. 더 많다고. 한참 남았다고."

"그래서 우리 할매 제일 좋아하고 나 때문에 제일 많이 웃다가 울기까지 하는 아가 누군데."

"지금도 봐라. 내가 니처럼 말 타박타박 대들면 화내면서 내가 화내면 이렇게 흐지부지하게 만들어서 결국 나만 이상한 년 미친 년 만들려고…."

"야. 내가 니 언제 미친…."

"이제 시끄럽다."

현이 다시 말을 다 잇지 못하고 입을 다물었다. 그녀는 자신의 손을 얼굴 쪽으로 가져가서는 어깨가 흔들리는 것을 최대한 참으려 노력하는 듯 했다. 크게 들썩이려는 것 같다가도 깊은 숨을 내실 뿐 잠잠한 게 대체 무슨 일인지 덜컥 겁부터 나는데 어떻게 달래주어야 하는지 무슨 말을 건네야 할지 그는 곤란하기만 했다. 이런 적은 처음이었다. 다섯 살 때부터 살 맞대고 자라온 것이 벌써 13년째였지만 아무리 '그날'이어도 짜증을 조금 냈을 뿐 이렇게 예민한 기색을 보인 적은 단 한 번도 없었다. 그녀는 마치 강아지를 잃어버린 듯 어린아이처럼 엉엉 울어버렸다.

"니 엄마랑 싸웠나."

"…"

"아님 영지랑 싸웠나. 그래서 그러나. 그년이 또 한 마디 직구를 날렸지?"

"모른다."

"그래서 속상하나."

"… 몰라. 모른다고."

"지아야."

"싫다. 부르지 마라."

"… 애들 인사 무시한 건, 나 말고 애들 무시한 건 니가 잘못했다."

"…"

"내가 아무리 싫다고 해도 반에서 그렇게 굴은 건, 니가 잘못했다고."

"안다. 흐…."

"왜 나한테 다 푸는데. 나도 속상한데."

"흐윽…, 끅…."

"이기적인 가스나. 내가 니 앞에서 사라져주면 속 시원하고 뻥 뚫리겠나."

"흐으…."

"그렇다면 내도 너 귀찮게 할 일 없게 할게."

"싫다…, 싫다고. 끅."

"알겠다."

"싫다! 흐으, 흑…."

"뭐가 자꾸 싫은데."

"싫다…. 있는 것도 싫고 없는 것도 싫다."

"지금 너 진짜 못생겼으니까 그만 울고 말해라."

"싫다."

"상관없다."

"…"

"내 좀 봐라. 눈 부었다."

"…"

"얼굴 치켜 들어보라고. 안 들면 눈 밤탱이 돼서 내일 니 학교 못 나온다."

"안 나가면 된다. 그리고 밤탱이는 이미 돼버린 지 오래다."

"내일 국어도 들었다."

"…"

"니 가스나 코 나왔다."

그렇게 막무가내로 울더니 잠깐 웃어 보이는 것도 같았다. 그녀가 다시 고개를 들어 현을 마주보았다. 그에게 있어서 가장 어렵게 마주친 눈이기도 했다. 속눈썹 사이사이 닭똥 같은 눈물이 남아 그대로 고여 있었고, 충혈된 눈이 흰자까지 다 붉어져 있었다.

"… 진짜 못생겼다."

"개소리…."

"시집가긴 클났다."

"고만 닥치라고."

"싫은데. 평생 놀림감 하나 더 생겼는데 어찌 안 놀리나."

"고마해라. 진짜."

"어쩔껀데. 하모 니가 뭘…."

"나 없으면 어쩔 끼가."

"또 뭐라카나."

"전학 간단 소리 내가 계속 안했나."

"그 전학을 니 마음대로 가나. 말 쉽게 하듯이 수학도 좀 쉬워 해봐라. 내가 어이가 없어서 지금 웃음도 안 나올라 카는데, 맞나."

"아이다. 이모랑 이모부가…."

"그만해라. 니 기껏해야 일주일 둘러보고 온 곳 때문에, 와 진짜 섬이라도 떠나게."

"일찍 가서…."

"어차피 일 년 뒤면 애들 다같이 올라간다."

"그건 니 얘기다. 니는 공부를 잘하니까 올라가서 뭘 해먹고 살 수 있을지 몰라도 나는 아이다, 아이라고. 니 생각엔 내가 좋게 봐야 충북 아니면 어딜 갈 수 있을 것 같은데. 맞나 안 맞나."

"또 시작이네. 왜 자꾸 철없는 소리만 하는데. 나는 의사 돼서 보건소 차리고 니는 나 도와주면 된다고 했잖아."

"그건 애기 때 얘기였고."

"서울 가기 전만 해도 니가 좋다 했다."

"그렇게 한다고 치자. 그럼 니 얘기는 여기서 내 뼈 묻으라는 소리잖아. 나는 그렇게 살기 싫다. 지금도 섬에서 이러고 살기 싫은데 언제까지 그 짓 하고 사나."

"지금 내 눈에 보이는 건 그냥 징징거리는 애 하나가 서 있을 뿐이다. 네가 갔다 온 곳은 물론 섬에 비해서 거긴 다른 세상이겠지. 맛있는 거 먹으면서 억수로 좋았고 재미봤겠지. 근데 니는 즐거워하면서도 그날 비가 왔는데도 배 타고 나가신 너희 부모님은 생각 안 했다. 나랑 우석이 영지는 생각 안 했다. 겨를이 없었겠지만 나라면, 적어도 그렇게 갔다 와서 지겹게 자랑만 늘어놓고, 왠지 모르겠지만 니 보기에 수준이 좀 낮았나 몰라도 그렇다고 모르는 척하고 무시하면 안 된다고 생각한다. 근데 니는 그것도 모자라서 어떻게 했는데. 그렇게 전교에 잘난 척을 하고 싸돌아 댕기면서 우리는 찾지도 않았다. 우리가 남도 아니고 그래도 가장 특별한 사이라고 서로 여기면서 다니는데 니는 왜 요즘 그런 생각 안 하는데. 내가 말 안하고 넘기려니까 진짜… 계속 말도 안 되는 소리만 할래."

"니가 대체 얼마나 잘났고 아는 게 뭐가 그렇게 많다고 내한테 그런 소릴 하나. 내가 지금 어떤 기분인지 니가 아나."

"내 기분 여태 똥으로 만들어 놓은 게 니다. 근데 내가 니 생각까지 해주길 바라나, 지금."

"니는 항상 니 짜증만 내면 다 끝이다. 그래서 내가 말을 만다. 말을."

"그래. 니 말이 맞다. 직접적으로 미안하다 사과는 듣지 못했지만 니 말대로 나는 여태 내 듣고 싶은 말 다 들었다. 니도 그런 줄 알고 이제 갈란다.

지쳐뿐다."

"현아."

"부르지 마라."

"현아."

"됐다. 이제 그만하고 간다고."

"하고 싶은 말 내 있다고."

"여태 잘만 안 했나."

"싸우려고 온 거 아니다. 실은 며칠 전부터 내 행동이…, 사실 처음부터 미안하다 칼라 했는데 용기가 안 났다. 니도 알잖아 내 성격. 질러 놓고 후회하는 거. 근데 그땐 내도 아는 척 할 수가 없었다. 내가…, 내 잘못한 거 알고 있고 잘못한 거 백번 맞으니까 진작 사과할라 했는데 너한테…, 그게."

"그래서 니 지금 뭐라는 건데."

"현아 나…."

"어."

"진짜 이사 갈지 모른다. 장난 아니고…."

"…"

"괜히 멀어지려고 싹수없는 척도 해본 거고 아는 척도 안 해봤다. 우석이는 모른다. 영지한테 떠봤더니 막무가내로 화만 내길래 이렇게 싸우기만 하다가 제대로 말도 못하고 사과도 못하고…. 이모부는 이제 바로 집 알아보신다고 하는데 기숙사 있는 학교를 들어갈 수도 있다. 엄마 아빠도 진작 허락했고, 돈 문제는 걱정말라 캤다. 영지랑 우석인…."

"…"

현은 거의 울먹이며 시작되는 그녀의 이야기를 뒤돌아선 채 곰곰이 듣다가 결국 그가 평소 보이기를 꺼려하는 특유의 분노로 일그러진 표정을 얼굴에 가득 지은 채 그녀를 향해 돌진해 다가갔다.

"아… 제발, 현아."

그런 표정은 그녀가 딱 두 번밖에 본 적이 없었는데 그 중 한 번은 지난겨울 우석과 단 둘이 놀러간 군산 시내 거리에서 우석의 장난으로 빙판길에 그대로 넘어져 그녀가 얼굴을 다쳐온 일이었다. 아직도 하얀 눈 위로 떨어졌던 피와 길게 찢어진 상처와 파인 살의 흔적이 이마에 그대로 남아 있는 것만 같아 그녀는 어쩔 수 없이 다시 죄인처럼 고개를 떨어트려야 했다.

"그럼 서울 올라간 게 놀러간 게 아니고 집 보러 간 기가."

"제발 화내지 마라, 제발…."

"뒤질래, 진짜!!!!"

"현아…."

"니 그딴 미안한 표정 안 치우나. 니가 뭔데, 니가 진짜…."

"…"

"차라리 나한테도 말하지 말지, 왜 말하는데!!!!!"

"잘못했다, 현아…. 잘못했다고."

"어? 왜 나한테 지랄이냐고. 말해."

"…"

"적어도 알고 있었으면, 내가 싫다는 걸로, 애들 모른 척하는 걸로 변명할

게 아니라!!!"

"… 응, 응."

"니가 뭘 잘못한지 알면…, 어딜 간다는 소리는 꺼내지도 말았어야지."

"내가 그럼 어떻게…."

"니가 어떻게? 뭐가 어떻게? 그런 말은 내가 해야 되는 거 아니냐고, 씨발 진짜. 그래서 나한테 가지 말라는 소리 따위가 듣고 싶은 거야?"

"아닌 거 알고 있잖아…. 그냥 내가 니한테 말 안 해두면."

"닥쳐."

"미안타. 정말 미안타…, 그러니까."

"닥치라고."

"내가 어떻게 하면…."

"안 닥쳐?"

"그치만, 그치만 가고 싶다. 갈 수만 있다면 가고 싶다고, 현아…."

"진짜 그 주둥아리…."

"영지랑 우석인 나한테 아무 상관없다. 근데 넌 아니잖아. 내가 너 제일 좋아하는 거…, 흐으, 너무 미안해…."

"…"

"어리광 부리는 애가 아니고…, 나 정말 가고 싶다고. 니한테 미안해서 말 못했는데 예전부터 쭉…."

"…"

"… 미안타 정말."

"니한테 내는 이런 존재가."

"…"

"아무 도움도 되지 않고, 그냥 기분이 좋은지 나쁜지 눈치나 보면서 지내는 친구일 뿐 신경 쓰지 않아도 될 아무것도 아닌 사람이냐고."

"…"

"왜 대답을 못해."

"아니야. 절대 아니야…."

"내가 좋다 했나."

"…"

"내가 제일 좋다고 했나."

"… 응, 현아."

"닥쳐라."

"…"

"책임질 수도 없으면서 함부로 좋아한다 하지 마라. 니 외로움과 좋아하는 마음을 혼동하지 말라고. 무슨 일이 있어도 믿고 기다리며 이해할 자신이 없다면 애초에 시작도 하지 말란 말이다!!!"

"… 현아."

"어차피 우리 둘은 마지막에서 다 탈락이겠지만."

"… 미안타 정말. 내 미안타…. 이렇게 빌게."

"…"

"미안타, 미안타. 미안타고…."

"알겠다."

"… 어?"

"이제 가라."

"…"

"다 됐다. 이제 됐다."

"현아."

"끝이다. 니가 끝냈다. 다신 그렇게 부르지도 말고, 아는 척도 하지 마라."

"뭐가, 뭐가 현아…, 그게 아니고…."

"니 집에 있는 내 물건은 니 야자할 때 내가 가져갈 테니까 따로 챙기지 말고, 우리 집에 있는 물건은…."

"…"

"내가 어머니께 드릴 테니까…."

"제발 그런 말 하지 마라, 현아…. 내가 이렇게 빌 테니까…."

"두 번 다신 말 안 할 거니까."

"…"

"똑바로 들어."

"…"

"이제 좀 꺼지라."

2.

"저년 또 자려고 자리 잡는 거 봐라."

"냅뒤라. 안 자면 더 날카롭다 아이가. 현이도 없는데 누구 할퀼 일 있나."

"가스나들이 귀 간지럽게 뭐라 카는데. 그럼 자습시간에 안 자고 뭐하는데. 공부라도 할까, 왜."

"저 봐라, 답도 없다. 종례하기 전에 깨워줄 테니까 아무 말 말고 빨리 자뿌라."

"역시 내는 선아뿐이다. 땡큐."

그녀는 남는 책상 두 개와 의자를 이어 붙여 편히 잠들 자리를 만들고 있었다. 다리는 허공에 살짝 뜬 채 의자에 올려놓고 영지 쿠션과 담요를 빌려 잠자리에 완성도를 더했다. 두 쪽에 낀 흰 이어폰에선 그녀가 제일 좋아하는 박효신의 노래가 나오고 있었다. 방학을 얼마 남기지 않고 달라붙게 줄인 치마와 와이셔츠 때문에 혹시 찢어지기라도 할까 숨 쉬는 것 하나하나에 조심하며 책상 위에 상체를 눕혔다. 에어컨 바람이 필요 없이 바로 앞이 해안가였고, 뒤엔 큰 산이 있어서 선풍기 바람만으로도 서울의 대형마트 역할을 톡톡히 얻어낼 수 있었다. 담요를 머리끝까지 뒤집어쓰고 몸을 옆으로 돌아누워 있던 그녀를 마침 복도에서 지나가고 있던 우석이 길게 쳐다보았다.

그녀는 담요 안에서 핸드폰만을 만지작거리고 있었다. 시간이 얼마나 지났는지, 며칠째 연락이 되지 않은 건지 아마 그의 핸드폰에 부재중 전화만 100통이 넘게 떴을지도 모른다고 생각했다. 그럼에도 불구하고 그에게선 어떠한 연락도 닿을 수 없었다. 그녀는 이런 적이 한 번도 없었는데, 라며 작게 중얼거렸다. 아무리 크게 싸우고 화가 났어도 그 다음날이면 어색하게 풀려서는 더 세고 강도 높게 서로를 놀렸고 잡아먹으려 들었다. 하지만 그녀는 이미 그런 장난치고 나서 화해하면 그만이 돼 버리는 싸움과 달리 감정소비가 너무 컸던 서로의 관한 문제라는 것을 알고 있었다.

현이 학교에 나오지 않은 지 오늘로 딱 일주일째였다. 365일 감기 한번 걸리지 않아 현의 건강한 몸을 보며 그녀는 혀를 차며 전생에 마당쇠였을 거라 놀렸고, 영지는 그의 몸을 한 번 꼼꼼히 스캔한 뒤 괜히 부끄러워하며 얼굴을 붉혔다. 감기가 자주 걸리고 코피가 잘 나던 우석이 그런 건강한 현을 가장 부러워했다. 그런 현이 개도 안 걸린다는 여름 감기에 걸렸을 리도 없고, 배를 타고 시내에 나갈 일 따위가 있을 리도 없을 텐데 이렇게 장기간 자리를 비우고 있으니 우석과 영지는 노파심에 걱정이 되어 그의 집 앞까지 찾아가 본 것이 여러 번이었다. 하지만 굳게 닫힌 문과 안에서 아무 인기척도 나지 않는 바람에 항상 허탕을 치고 돌아오길 반복했다. 우석은 그가 묏자리 같은 곳에서 시간을 보내고 있을 거라 확신했지만 굳이 그 사실을 영지에게 말하진 않았다.

오늘은 현의 동생 상우의 기일이다. 상우의 생일과 기일이 며칠 차이나지 않는 터라 다른 이들이 보통 하루이틀 걸러 치루는 제사와는 다르게 시간이 조금 오래 걸리곤 했다. 현은 매년 3일에서 4일 정도 이렇게 초여름 더위가 시작할 때면 동생의 제사로 인해 학교에 나오지 않았다. 마을이 좁고 인원이 그닥 많지 않은 터라 알 사람들은 굳이 말하거나 확인하지 않아도 다 이미 아는 사실이었고, 출석 문제는 현의 삼촌이 꼬박 학교에 들러 알리고 갔으므로 문제가 되는 일은 전혀 없었다. 하지만 이번에는 조금 달랐다. 그 기간이 너무 길었다. 긴 부재도 그렇거니와 아예 모습을 비추지 않아 사람들의 관심을 끌었다. 한번쯤은 동네 슈퍼나 그의 삼촌이 운영하는 횟집에 나타날 법도 한데 전혀 모습을 보이지 않았다. 4일이 넘어가자 현의 담임선생님이 안부 차 삼촌에게 전화를 걸었고, 삼촌은 애가 제사를 치르다가 심한 감기에 든 것 같다며 약을 먹였으니 나으면 곧 학교에 보낸다는 말뿐이었다. 이렇기 때문에 그의 행방을 정확히 아는 사람도 있을 리 없었다.

그런데 이런 상황에서도 유일하게 그의 모습을 마주친 사람이 있었는데 그것은 바로 그녀였다. 시험 마지막 날을 앞두고 상우의 기일이라는 사실을 잠시 까먹은 채 시험 보는 것도 모르고 자신에게 화가 나 학교에 나오지 않는 건가 싶어 그의 인기척 없는 집 앞에서 막무가내인 심보로 그를 기다리려는 작정이었다. 그리고 또 그녀는 그에게 사과해야 할 일이 너무나 많았다. 서서 기다린 지 얼마 되지 않아 소나기가 내렸다. 바람과 함께 후드득 소리를 내며 떨어지는 거센 비였는데 그 바람에 그녀의 옷이며 신발이며 전체가 금방 젖어버렸다. 이런 김에 오기로 버티자며 자신을 다독이고 그렇게 한두 시간을 미련하게 기다렸을까. 그가 느릿한 걸음으로 그녀가 서 있는 쪽으로 다가왔다.

비에 흠뻑 젖은 서로의 머리에서 물이 뚝뚝 떨어지고 있었다. 그녀는 화를 내고 싶었지만 그의 왼손에 들린 한바구니 가득한 제사음식과 도구들을 보고 나서 할 말을 잃었다. 그녀는 제사 기일쯤이면 그가 일부러 날짜를 앞뒤로 길게 잡아 학교를 빠져 매일 동생의 묘 터에 가서 시간을 보내는 사실을 알고 있었다. 복잡하기만 한 서로의 감정싸움에 매일 잠을 뒤척이기만 했을 뿐 그 생각은 하지 못하고 있었다. 그가 그녀를 확인하고도 아무 말 없이 대문을 열고 들어가자 얼떨결에 그녀도 문 앞에서 기웃거렸고, 그는 바구니를 바닥에 그대로 떨어트린 채 무표정한 얼굴로 그녀를 응시했다.

"아니, 시…, 시험 마지막 날이라서 걱정…, 아니, 나 핸드폰 때문에 공부가 안돼서 여기…, 여기 우유통에 좀…."

자신이 생각해도 너무 어이가 없어 속으로 여러 번 헛웃음을 참아내다 그대로 잘 삼켜냈다. 그는 문을 곧바로 소리 나게 닫았고 멍하니 서 있던 그녀가 30분이 지나도록 발걸음을 떼지 못하고 아무 움직임 없이 멈춰 있는 동안 대문 안에선 어떠한 작은 소리도 나지 않았다. 표정, 그녀가 본 그의 표정에 그대로 드러나 있던 고통과 혼란 같은 것이 그대로 그녀의 눈에 닿았다. 오히려 무방비한 상태로 있던 서로의 감정을 읽어버리고 만 것이다. 그녀는 다리를 움직이려 해봐도 떨리기만 할 뿐 서 있던 곳에서 귀신을 보기라도 한 듯 몸이 떨려 쉽게 움직일 수 없었다.

결국 비만 엄청 맞고 돌아온 꼴이 되어 엄마에게 쓴소리를 들어야 했다. 집에 도착해 바로 샤워를 한 뒤 옷을 갈아입었다. 복잡한 감정들은 씻겨 내려간 듯 했고, 옷에서 나는 섬유유연제 향은 상쾌하기만 했다. 하지만 머릿속에 계속 아른거리는 그의 얼굴과 점점 열이 오르는 자신의 몸에 그녀는 잠 못 자고 밤을 설친 뒤 다음날 본 마지막 시험을 결국 모두 망쳐버리고 말았다.

시험이 끝난 밤 그녀가 친구들과 뒷산에 올라가 소주 뚜껑을 경쾌하게 따보이는 것으로 시작해 미친 듯이 친구들과 춤추며 놀고 있을 때 현은 그녀의 집 앞에 서 있었다. 여러 번 진동이 울리는 우유통 안의 핸드폰이 거슬렸는지 아예 우유통을 통째로 들고 있었다. 그는 이미 알고 있던 도어록 번호를 누르지도 않고 현관문을 두드리지도 않은 채 가만히 서 있기만 했다. 그때 지아 엄마가 설거지를 마치고 음식물 쓰레기를 한쪽 손에 들어 나오지 않았더라면 그는 아마 계속 그대로 서 있을 참이었다. 그의 모습을 확인한 엄마가 빠른 걸음으로 달려와 문을 열어 마중했다.

"현아, 안 들어와? 왜 그렇게 서 있어." 엄마의 물음에도 대답하지 않기는 마찬가지였다. "석이 엄마가 금방 수박 주고 갔는데, 먹고 갈래? 지아는 시험 끝났다고 뒷산 가서 놀고 있을 텐데" 그는 말없이 들고 있던 우유통에서 핸드폰을 꺼내 지아 엄마에게 건네주었다. "아니, 내가 그렇게 전화를 했는데 이게 거기 있었어." 건네고 나서 엄마가 뭐라 혼자 말하는 도중 그는 고개를 한번 끄덕이고는 소리 없이 다시 어딘가로 향했다.

산에 올라가 친구들과 신나게 놀며 혼자 홀짝홀짝 소주 한 병을 다 마시고 돌아온 그녀가 책상 위에 올려진 핸드폰을 확인하고 나서 불같이 엄마한테 그대로 화를 낸 뒤 신발도 신지 않은 채 현이 집 방향으로 달려갔다. 아무것도 보이지 않은 늦은 시간 결국 자갈에 긁혀 피를 보고 난 뒤에야 그녀는 다리를 절뚝이며 집으로 돌아왔다.

며칠전 일로 생각에 잠겼던 지아는 이미 확인을 여러 번 한 우석에서 온 수신 메시지를 다시 읽고 있었다. '현이 걱정되는데 네가 한번 가봐야 되지 않겠어? 영지랑 가서 허탕만 치고 돌아왔어. 군산이라도 가지 않았나 싶은데.'

바보. 섬 밖은 몇 번 나가보지도 않았고, 군산 같은 동네도 도심이라면서 싫어하는 게 현인데 거긴 가긴 왜가. 아니, 아니지. 입 밖으로 튀어나올 뻔한 혼잣말을 손으로 막아냈다. 상우의 생일상과 제사 음식엔 꼭 햄버거와 미제 초콜릿이 올라가야 한다고 김 할머니에게 스쳐지나가면서 들은 얘기가 떠올랐다. 그런 음식은 군산 쪽으로 나가야만 살 수 있었으니 충분히 가능성이 있다. 일 년에 한 번씩은 어쩔 수 없이 군산 시내를 아무도 모르게 다녀온다는 말을 그녀에게 한 적도 있었다.

그때 굳이 책상을 이어 만들어 편하게 잠을 청하려던 자리에서 벌떡 일어나더니 "항구! 항구!"라고 소리쳐댔다. 이내 시선이 모두 돌아가는데 그녀는 아랑곳하지 않고 부산하게 가방까지 싸 뒷문을 열고 달려 나갔다. 가만히 앉아 있어도 땀이 잘 나는 체질에 매 여름 고생을 하는 그녀이기에 체육 시간에 나가서 뛰는 것도 극히 꺼려했는데 어찌된 영문인지 초등학교 시절까지 이 악물고 열심히 하던 50미터 달리기를 하듯 숨도 쉬지 않고 학교 정문을 넘어 밖으로 달려가기 시작했다. 십 분 정도 쉬지 않고 뜀박질을 하며 도착했을까, 저 멀리서 들어오는 배와 푸르기만 한 바다가 한눈에 가득 들어왔다. 이제야 제대로 만나 말할 수 있을 건지. 대체 왜 이렇게 기쁜 건지 평소 그립기는커녕 날마다 봐서 질리기만 하던 얼굴이 왜 이렇게 심장이

요동치며 떠오르는지 잘 알 수는 없었지만, 그녀는 곧 배에 내리고 타는 사람들 중에 분명히 그가 있을 것만 같다고 확신했다.

3.

바다가 잠을 이루지 못했다. 남풍이 지나간 뒤에도 파도는 새벽 아침까지 크게 출렁였고, 파도소리가 해안가까지 올라갔다가 스러졌다. 식당과 크고 작은 가게들이 하나 둘씩 열리기 시작했고, 곧 삼촌의 횟집에도 사람들이 북적거리겠지 싶었다. 밤새 파도처럼 몸을 뒤척이던 그가 잠에서 깨어났다. 우습게도 며칠간 손 봐두지 않은 해산물과 양파거리, 채소들 생각부터 났다. 그가 손질을 해두지 않으면 모두 김 할머니가 도맡아서 해야 하기 때문에 이른 아침이나 새벽에 일어나서 해 보듯 하던 일을 며칠이고 하지 않자 속에서 성 같은 게 나는 것 같기도 했다. 왜 이러고 있어.

사흘째였다. 밤에는 아무리 눈을 감아도 잠이 오지 않았다. 누운 채 파도소리와 그치지 않을 것만 같은 빗소리를 계속 들으며 눈물을 흘렸다. 온갖 추억과 감정이 소용돌이쳤다. 이름을 입 밖에 내뱉지 않아도 머릿속에 그려졌다. 눈물이 눈가에서 말랐다가 또 흐르곤 했다. 현은 피가 나도록 입술을 깨물었다. 그렇게 밤을 새고 나면 잔뜩 밀려오는 어지러움과 피곤함에 다시 억지로 눈을 감고 잠을 청했다. 정신이 깨어난 순간 횟집 걱정부터 들었지만 눈을 떴을 땐 그의 눈가가 축축하게 젖어 있었다. 벌떡 몸을 일으켜 방 안을 둘러보고 곧 두 손으로 얼굴을 괴롭혔다. 마음이 아파서 견딜 수 없었던 흐느낌은 울음으로 번졌고, 자꾸 커져가는 울음소리에 자신이 왜 오열하고 있는지 잊을 정도였다.

꿈에서 동생을 보았다. 엄마도 본 것 같았다. 동생이 죽고 난 후 처음으로 꿈에서 보는 것이다. 전에는 아무리 힘들고 생각나도 이겨내기 위해 독하게 감정조절을 잘 해냈던 것 같기도 했지만, 이번엔 아닌가보다 싶었다. 꿈꾸는 내내 흐릿한 얼굴이었지만 딱 하나, 막 잠에서 깬 현에게 또렷하게 기억나는 것이 있었다. 형이 너한테 가도 돼? 라고 애원하며 묻자 동생은 아니 오지 마, 나중에 한참 있다가 와, 라고 대답했다.

아버지는 동생을 유독 이상하리만큼 자주 때렸다. 아마 그때쯤에 현의 동생 상우가 사실은 다른 씨의 아들이라는 야릇하고 흉흉한 소문이 마을 전체에 퍼져 있던 것 같기도 했다. 한대 때리기라도 하면 툭 하고 쓰러진 것 같아 함부로 장난치지도 못할 만큼 몸이 여린 동생을 틈만 나면 아버지는 그렇게 때렸다. 학교에서 돌아와 동생의 멍든 곳에 하루 종일 얼음찜질을 해주고 약을 아낌없이 발라주고 나면 그제야 둘은 그렇게 잠에 들 준비를 할 수 있었다.

젊은 어머니가 일을 하러 하루 이상 집을 비우는 날이면, 멍이 진해진 동생에게 여름날임에도 불구하고 긴팔을 입힌 뒤 눈물로 뒤엉켜 껴안고 자는 새벽에 석유나 물 같은 걸 뿌려 협박하고 온몸을 바들바들 떨게 만들어 놓은 다음에 오줌을 싸면 오줌을 싼다고 때렸다. 현은 그런 새벽이 찾아 오면 그 다음날까지도 잠드는 게 무서워 눈을 뜬 채로 아픈 동생을 재우고 뿌연 새벽을 맞이해야 했다. 어렵게 잠을 청한 뒤 다시 일어나면 아버지는 아무렇지도 않은 듯 연신 소주만 불어대고 있었다. 그런 사람이었다.

사랑으로 시작하여 사랑으로 끝맺음한 이혼. 그런 불행한 어린 시절을 겪은 자신과 동생 상우는 부모가 섬을 떠나 도망간 뒤 피 한 방울 섞이지 않은 김 할머니와 삼촌 손에 거두어 길러졌다. 도시에서 어렴풋이 들려오는 부모의 재혼 소식에 현은 치를 떨며 잠을 설치기도 했고, 어떤 날은 아버지가 범죄를 저질러 감방에 들어갔다는 소식을 어른들이 하던 얘기를 스쳐지나가면서 듣기도 했다. 그날 밤도 또한 이를 갈았다. 그는 처음으로 부모가 죽었으면 좋겠다고 생각했다. 그는 자신과 동생을 세상에 낳고 섬에 버려두고 떠나간 부모가 하루 빨리 죽었으면 좋겠다고 매일 기도했다.

그들에게 언젠가 정말 엄청난 누군가가 나타나 몸과 마음을 다 빼앗기고 이용당해 내팽겨쳐지는 날이 올 것이라 믿었다. 얼마 안가 어머니의 장례 소식에서 그 기도가 이루어졌음을 알았다. 삼촌은 그에게 편지 같은 것을 건네주며 너를 낳은 네 엄마가 어디서 어떻게 죽었다고 말했고, 그 말을 다 듣고 난 현은 그렇대요? 라고 대답했다. 기일이 다가올 쯤 과연 그들도 자신의 이런 괴로움을 이해할지 궁금했고, 아이들 앞으로 몇 만 원을 남겨 놓은 채 새로운 인생을 향한 배를 탄 그날부터 사실 신나했지도 모를, 새 인생에 승리자가 된 듯이 우월감을 느꼈지도 모를 그 부모가 매우 증오스럽고 원망스러웠다.

그래서 현은 이제 세상에 남은 아버지가 죽어버렸으면 좋겠다고 다시 기도
했다. 덤프트럭 같은데 깔려서 정육점 분쇄기에서 나온 고깃덩어리처럼 으
깨져버렸으면 좋겠다고 생각했다. 시간이 지나고 알고 싶어도 들리지 않던
그의 소식이 뒤늦게 날짜가 지난 장례식 스케줄을 담은 편지나 핸드폰으로
오면 또 신나게 한 번 운 다음 아예 아버지의 존재도 잊어버렸으면 했다.
친구들 앞에서도 티내지 못하고 속으로 울며 집에 와서 헛구역질을 해대는
것과 평생 낫지 않을 상처를 부둥켜안고 살면서 어떤 사람에게도 그 내색
조차 해보지 못하는 그런 불행을, 제발 자신을 이렇게 만든 그 부모가 살아
가는 동안 충분히 겪어봤기를 바라며 종교를 믿지 않는 그가 잠이 들기 전
혼잣말로 무어라 계속 기도했다. 하느님, 부처님 제발 그들을 죽여주세요,
아니면 저를 죽여 상우 곁으로 가게 해주세요, 내일 아침에 눈을 뜨면 아무
것도 없게 해주세요. 어머니의 죽음 뒤로 그는 어떤 슬프고 괴로운 일에도
눈물 한 방울 흘리지 않겠다고 다짐했다. 친구들과 소리 내어 크게 웃을 때
도 속으론 내 까짓 게 웃긴 왜 웃어 라고 생각했고, 자신이 짓는 지나친 웃
음과 눈물은 모두 사치라고 생각했다. 머리를 갉아먹는 무서운 생각들이
그를 야금야금 집어 삼키고 있었다.

4.

지아는 배가 두 번째로 들어올 때까지 항구에 선 채로 현을 기다리고 있었
다. 밤이 늦게 찾아오는 여름, 7교시 중간에 나와 도착한 곳에선 벌써 어두
컴컴한 밤하늘에 달이 밝게 빛나고 있었다. 가로등이 하나씩 켜지자 갓 잡

은 오징어를 회쳐 가득 담은 대접들과 소주 향이 코와 굶주린 배를 자극했
다. 마지막 배가 남았다고 해서 막배만을 기다리며 서 있는데 저 멀리서 영
지가 뛰어왔다.

"니 미쳤나. 니 엄마가 지금 얼마나…."

"엄마가 니한테 전화 갔나."

"그걸 지금 말이라고 하나! 이 가스나가 진짜 겁도 없이 지금이 몇 신 줄
알고…."

"9시 50분 됐는데 와 지랄이고."

"그케밖에 안 됐나? 아인데…."

"엄마가 니한테 전화가긴 뭘 가나. 우리 엄마는 쪼잔하게 그런 걸로 연락하
는 사람 아이다."

"선아가 니 막 항구! 항구 이 지랄하면서 나갔다 하길래…."

"이제 막배만 기다리면 된다."

"현이 기다리는 기가."

"… 응."

"같이 기다리자. 내도 우리 현이 억수로 걱정된다."

"현이가 니 그렇게 부르는 거 허락하드나."

"당연히 아니지. 낯간지럽다고 싫다하더니 계속 그러니까 나중에 막 화내
든데."

"그래서 나도 개 앞에선 꼭 성 붙여 부른다 안 카나."

"맞나? 맞제, 하모…. 그래도 섭섭시럽다."

"… 맞다."

"근데 니도 대단하다. 어떻게 여기서 몇 시간 동안 기다릴 생각을 다했나."

"내가 싸웠다 안했나."

"맞다. 근데 내랑 싸운 것보다 더 심하게 싸운 기가."

"… 말도 마라."

"그래서 사과하려고 기다리는 기가. 얼라 가스나."

"됐다."

"알겠다. 어쨌든 우리 부모님도 일 마치고 막배 타고 도착한다."

"잘 됐다."

"어제 우리 오빠야들 뮤직뱅크 몇 주치 몰아서 다운받아 보느라 잠도 안 잤다."

"미쳤네 미쳤어. 내일 학교 가는데 일찍 자야 되는 거 아니야?"

"어차피 난 니 걱정돼서 볼라고 온 기다. 엄마 아빠도 만나서 같이 가고, 현이도 보고 얼마나 좋노."

"하품 하는 거 보니까 영 아닌 거 같은데."

"됐다 됐다. 커피도 사들고 왔다 안 카나."

"알겠다. 잘 사왔네, 우리 공주님."

그날 밤 그 긴 기다림 끝에 만나게 된 것은 막배에서 내리는 영지 부모님뿐이었다. 영지 부모님이 사주신 아이스크림을 입에 물고 집에 들어가는데 머리가 깨질 듯 아파왔다. 마음도 아팠다. 혼자 이불을 뒤집어쓰고 울다 잠

들어 보기 좋게 또 지각했고, 아침 자습시간부터 담임에게 욕을 바가지로 먹어야만 했다.

다시 주말이 지나고 찾아온 월요일 아침에 여전히 대답도, 아무 인기척도 없는 그의 집 대문 앞으로 그녀가 우뚝 서 있었다. 사실은 다시 그의 집 앞으로 찾아갈 염두가 감히 나지 않아 매일 포기해왔다. 지각할까 봐 아슬아슬했던 평소와는 달리 아침 일찍 교복을 차려입고, 책이 들어있지 않은 텅 빈 가방만을 챙겨 나왔다. 아주 시원한 바람이 섬 전체와 그녀를 일렁이고 있었다. 등굣길 우석과 영지가 보여 아무 생각 없이 손을 들어 인사하려는데 그녀 자신도 모르게 멈칫 하고야 말았다. 걸음을 멈추고 멍하니 그 둘의 모습을 바라보는데 자신과는 다르게 마냥 좋아 보인다.
결심 끝에 반대 방향으로 걸음을 돌렸다. 또 그의 집 앞이었다. 대문 앞에 섰는데도 두드릴 용기가 나지 않았다. 허공에 뻗은 손이 초록색 페인트칠이 되어 있는 낡은 문을 두드리기만 하면 되는데, 가다가도 멈춘다. 손이 다 닿았음에도 계속 떨어졌다. 꼽고 있던 이어폰에서 우석이 녹음해준 박효신의 노래가 음악 파일 중 가장 마지막 곡으로 끝났는데 갑자기 지지직거리는 소리가 이어졌다. 그 소리 끝에서 익숙한 목소리가 들려왔다.

'상우야. 그런데 상우야. 내가 힘들어서 그런데 오늘 딱 하루만 울게. 니 생일인데 니가 없어서 너무 슬프다. 이 세상에서 니가 잊혀져 가는 게 너무 슬프다. 사랑하는 내 동생아. 너는 내 가슴에 있으니까 절대 외로워하지 마

라. 그렇지만 형이 오늘 하루만 울게. 그리고 내일 다짐한 것처럼 너한테 부끄럽지 않은 형으로 열심히 살아갈게, 상우야. 상우야. 다시 한번만 너를 안아줄 수 있다면 좋겠다. 사랑한다. 그리고 생일 축하한다. 며칠 뒤면 네 기일이다. 내 가슴이 이런데 엄마 가슴은 어떨까. 아 참, 우리는 엄마가 없지, 상우야. 아빠도 없었지.'

5.
"학교 가자, 현아."
"니 오늘도 안 나오면 출석 인정 안 된다. 서울대도 못 간다."
"문 부시고 들어가도 되나."
패기 섞인 그녀의 말에 돌아오는 건 역시 무응답뿐이었다. 얼마나 세게 두드려댔는지 살짝 문틈이 벌어진 것 같기도 했다. 그 사이로 마당 안에 고추와 양파껍질 들이 가득 어질러 놓여 있는 것이 보였다.

"이거 치우라고 문이 열렸나."
그녀는 짱돌을 하나 주워 열려진 틈새를 방향이나 힘 생각 따위 하지 않고 무식하게 내리치기 시작했다. 문을 조심스럽게 열어 한걸음 들어섰다. 그녀는 이곳저곳 놓여 있는 쓰레기부터 하나씩 줍기 시작했다. 그런 그녀의 방문을 꿈에도 생각하지 못한 현은 화장실에서 방금 자신이 한가득 뱉어 놓은 바닥 위의 토사물을 치우고 있었다.
삼촌이 따로 갖고 있던 농약을 몰래 빼서 먹으려는 생각도 해봤고, 깨진 지

오래된 장독대 밑에서 날카로운 조각 하나를 주워서 온몸에 상처를 내볼까도 생각했다. 하지만 그도 사치인 것만 같았다. 상우는 계속 고개를 저었다. 그쪽으로 가면 안 되냐고 간절하게 애원하는 자신에게 단호한 표정으로 고개를 저었던 동생. 이미 죽은 동생의 그런 말을 신경 써 무슨 소용이 있을지 싶었지만, 상우의 차가운 표정과 고개 저음이 너무 실감났기에 그는 감히 그럴 수 없었다. 또 얼굴들이 생각났다. 들 때로 들어버린 정이 뭔지 13년을 먹여주고 길러주고 자기 자식이나 핏줄이 아닌데도 불구하고 항상 부족하지 않은 사랑을 주려 했던 김 할머니와 행동은 무뚝뚝하지만 그 안에 있는 좋은 마음씨를 속이거나 감출 수 없는 삼촌도. 니가 제일 좋다는 말과 함께 엉엉 울어대는 지아와 불알친구 우석과 영지의 얼굴이 떠오르기도 했다. 별생각을 다 한다며 질책하면서 변기물을 내렸다. 토사물 냄새를 빼기 위해 락스까지 동원하며 깔끔하게 청소하고 나니 기분도 나아진 듯했다. 마지막으로 다시 변기물을 내린 뒤 화장실 문을 닫고 나서니 마당에서 시끄러운 소리가 났다.

"대체 거미줄이 왜 이렇게 많은 거야…"
그녀였다. 뭐가 또 서러운 지 얼굴은 울상이었고, 이미 목을 타고 흐른 듯한 눈물을 닦으려 손은 제 볼에 가 있었다. 마지막으로 본 게 언제였을까. 작은 산책길 벤치에서 분명 꺼지라는 말과 함께 나타나지 말라고 단단히 일러두었는데, 여전했다. 그날처럼 울고 있었다. 나까지 서럽고, 마음 아프게.

"현아. 나 왔어. 마당에 거미줄이 너무 많아서…."

"나가."

"…"

"안 들려? 나가."

"현아."

"그렇게 부르지 마. 토 나올 것 같으니까. 나가."

"…"

"왜 안 가. 니가 왜 안 꺼지고 있어."

"잠깐만, 잠깐만 현아, 내 얘기 좀…."

들고 있던 빗자루와 쓰레받기를 그대로 떨어트리더니 현이 서 있는 쪽으로 다가와선 그의 팔을 붙잡았다. 현의 팔에 닿은 그녀의 손이 무섭게 떨리고 있었다.

"너 오늘 학교 안 나오면 개근상도 못 받고, 점수도 깎이고…, 그리고 애들도 다 걱정…."

현은 코웃음을 치며 닿아 있던 팔을 뿌리쳐 그녀의 몸을 밀어냈다.

"니한테 내 걱정할 시간도 다 있었나. 처음 알았네. 근데 어떡하지, 이제 내가 별로 신경 쓰고 싶지 않다는데."

"이 현."

현은 그녀의 이름 부름에 잠시 멈칫했다. 다른 이들에게 절대 허용하지 않은 현이라는 외자 부름은 오로지 그녀와 그녀의 어머니에게만 해당된 것이었다. 그런데 그런 그녀에게서 나온 완벽한 자신의 이름이 너무나도 낯설게 들리는 탓에 기분이 묘했다. 행방을 감춘 그 열흘 정도 되는 시간뿐만 아니라 평생 자신의 이름을 들어본 적이 없는 것 같았다.

"내쫓기기 전에 먼저 나가라."

"현아, 제발. 학교라도 나와. 이렇게 심한 적 없었잖아. 나 걱정 많이 했어. 그러니까…."

"심해?"

"… 미안해."

"너한테 부탁하고 싶은 마음 없으니까 말로 할 때 나가."

"미안해. 내가 다 미안해. 잘못했어. 정말, 그러니까…."

"왜 왔어."

"…"

"죽었나 궁금해서 왔나? 와 죽기라도 했을까 봐?"

"… 현아"

"왜 왔어, 씨발."

"내가…."

"왜 왔어 여기까지."

"네가 슬픈 데 내가 어떻게 안 와."

"뭐?"

"군산이라도 간 거 같아서, 시내로 제사음식 사러 나간 것 같아서 삼촌한테 여쭈어봤더니 대답을 안 하시더라. 그래서 바로 항구로 갔어. 가서 막배까지 기다렸다."

"…"

"집에 가면서 울었어. 엄청 많이 울고 아팠어. 속이 너무 아파서 소화제도 먹고 감기약도 먹고 해열제도 먹었는데 근데 계속 아파. 지금까지. 이 정도면 벌 다 받았다고, 니가 봐주면 안 돼? 모자라? 더 받아야 돼? 지금도 나는…. 현아, 농약이 왜 여기에서 굴러다녀."

"… 당장 꺼져 그냥."

"너 지금 식은땀 나."

휘청하고 쓰러진 것 같았다. 마루에 있던 넓은 상 모서리에 그대로 머리를 박고 쓰러지기라도 한 건지 얼얼한 시림이 머리끝에서 느껴졌다. 위치가 어딘지 대충 감응해보려 힘이 다 빠진 손으로 머리 쪽을 만져보는데 서툴게 되어 있는 테이프질은 그녀의 솜씨임이 분명했다. 천천히 눈을 뜨자 익숙한 누런 천장 벽지가 보였다. 고개를 드는 것이 쉽지 않아 어렵게 대충 눈알을 굴려 방 안을 보니, 정신을 놓고 일부로 바닥에 깨트려 놓았던 화분이 한 곳에 모여 쓰레받기 안에 담겨 있다. 모두 닫혀 있던 창문 또한 활짝 열려 있었다. 학대하고 싶은 마음에 주먹으로 서랍장 모퉁이를 가격해 살짝 뚫려진 곳에는 청 테이프가 붙어 있었고, 파란 멍이 든 손에는 밴드가 붙여져 있었다. 라면 국물이 다닥다닥 붙어 있던 바닥은 광이 나게 깨끗했다. 세기도 힘든 맥주병도 한 곳에 모아 정리되어 있었다. 내 손을 잡은 채 잠든 그녀는 거슬릴 정도로 잠꼬대를 계속 하고 있었다. 눈썹을 찌푸린 채 불편한 자세로 잠을 자고 있었는데 입에서 나오는 말이 전부 내 이름이라는 것을 알기까지에는 별 시간이 걸리지 않았다.

"현아, 현아…."

"…"

"현아…."

"응, 여깄어."

"이 현…."

"여깄다고."

상체에 힘을 주어 그녀와 같은 눈높이로 몸을 내렸다. 덮고 있던 이불을 모두 그녀 위로 덮어주며 어깨를 살살 토닥였다.

"미안해."

바로 그녀의 입에서 나온 말이 잠꼬대가 아니라는 사실은 이미 알고 있었다.

"정말, 미안, 미안해. 내 생각만 하고 너를 나중에 생각해서. 늦게 알아서…. 너 늦게 봐서…, 늦게 들어서, 미안해. 다시는 안 그럴게, 현아…."

그녀의 눈물이 속눈썹 끝으로 차오르는 것 같더니 그대로 흘러내렸다. 코가 점점 빨개지는 것이 그녀는 눈물이 터질까 숨을 최대한 몰아쉬며 떨림을 참고 있는 것 같았다. 그런 그녀의 안쓰러운 모습에 현도 눈시울이 붉어지고 말았다. 이런 가슴 아픔이 제발 멈추길 바라면서 그녀를 껴안은 채 중얼거리듯 말했다.

"내는 여태 서울로 가는 배를 타고 있었다."

"…"

"사실 탄 지 너무 오래 돼서 곧 도착한다는 안내도 막 나왔고. 근데 그 순간부터 속이 울렁거리기 시작해. 섬에 사는 내가 주구장창 타는 게 배인데, 절대 멀미할 일이 없는데도."

"…"

"토 나올 것만 같아. 배에서 오래 됐는데도 계속 허공이야. 밤인데 옆으로 해가 지나가고 하루종일 상우 얼굴이 지나가."

"…"

"그래서…, 지금은 좀 잠잠해졌다. 그래서 말인데, 니가 내 좀…, 니가 이제 다시 집으로 나를 보내줬으면 좋겠다."

라디스 & 에피

1.

혼자라는 것은 고독을 의미했다. 보이지 않는 창살 속 갇혀 지내는 감옥 같
은 생활과 답답함으로 가득 찬 호텔의 공기를 들이마시고 내뱉는 무의미한
하루들을 보내고 악몽으로 마무리 짓는다. 그 꿈에 새벽을 꼴딱 새고 나면
어김없이 찾아와 창문 위로 햇살이 들어왔고 나는 탄식이 절로 새어나오곤
했다. 나른해져가는 몸과 깊은 무기력 속에서 눌리는 가위를 참고 나면 다
시 약을 꺼내들었고 머리를 집어 뜯으며 자해했다. 지금은 잠을 청하기 위
해 억지로 눈을 감으며 행복한 장면들을 상상했다. 왕국을 떠나 도망쳐 나
온 그와 나. 그때까지만 해도 굳게 잡혀 있던 손. 낡은 문에서 듣기 싫은 소
리와 인기척이 들리는 것도 같았다. 익숙한 불가리 향이 함께 내 코를 찌르
는 것 같기도.

"에피. 라스베이거스에서 찍은 사진들."
그가 문 앞에서 인화된 사진들을 건네주었다.
"더 많아. 다른 사진들은 컴퓨터에 있어. 볼래?"
"그래."

방으로 들어가자마자 침대로 뛰어들어 몸을 뻗었다. 사진들을 천천히 넘기면서 보는데 저절로 웃음이 새어나왔다. 그의 온기와 섬유세제향이 섞여 있는 이불이 오늘따라 더 보송보송했고, 나는 그 향에 기분이 좋았다. 클라우드는 마우스로 무엇을 몇 번 만지더니 내쪽으로 노트북을 돌려 슬라이드 영상을 보여주었다. 사진과 짤막한 영상 들이 섞여 있는 비디오는 내가 위주로 된 버전이었는데 새삼 첫 휴가의 기억이 새록새록 했다. 새하얀 드레스를 입은 나 자신과 땀으로 끈적끈적해진 손을 절대로 놓지 않으려 했던 그의 얼굴은 세상에서 가장 행복한 모습이었다. 클라우드에게 짧은 뽀뽀로 화답하고 다시 침대에 누울 찰나 그가 나를 막아섰다.

"미안. 할 게 너무 많아서."
"여기서 자고 싶은 걸."
"미안. 이런 버전으로 만들 영상이 몇 십 개가 돼."
"후회나 하지 마."
"당연히…"
그는 씨익 웃으면서 대답했다.
"후회하겠지?"
"Good night. Cloud"

조심히 문을 닫고 나와 별 생각없이 현관 쪽을 바라보는데 창밖에서 케리엘스와 라디스가 다투고 있는 것 같았다. 일방적으로 그녀가 라디스의 가슴에 주먹을 내리치는데 심각한 분위기가 심장을 덜컹거리게 했다. 조명에서 떨어져 어둠 속에 모습을 가리고 거실 CCTV에 가려지는 사각지대 벽으로 옮겨 몸을 밀착했다. 시계가 새벽 2시를 가리키고 있었다. 라디스는 뺨을 맞아 얼굴이 완전히 돌아간 상태였다. 그런 그가 현관문을 부술 듯이 열고 들어오는데 사선에서 바라본 그의 모습이 무언가 평소와 다르게 이상했다. 손에 들고 있던 우산은 하나 젖지 않고 빳빳했는데 우산과 달리 그의 몸은 완전히 젖어 있었다. 코로 숨을 천천히 들이마시는데 꽤나 먼 거리에서도 느껴지는 약 냄새에 인상이 저절로 찌푸려졌다. 위태로워 보이는 그들을 지켜보고 있었던 것도 잠시, 1층 왼쪽 방문이 열려 시선을 옮겨야만 했다. 졸린 눈을 비비며 종종걸음을 하고 제 아빠를 확인한 뒤 그들에게 다가가는 다니엘이었다. 순간 바로 계단 쪽으로 내려가려 했지만 가만히 있으라는 제스처를 취하는 케리엘스를 확인했다. 나는 라디스의 코트 주머니 안에 그가 자신의 총을 매만지고 있다는 사실을 늦게 확인했고 돌아가는 머리를 멈춰야만 했다. 아이는 망설임 없이 약에 취해 이성과 자각이 없는, 온전하지 못한 라디스에게 다가갔고 그는 아이를 알아보지 못한 상황에서 말없이 다니엘을 내려다보고 있었다. 감정도 느끼지 못하는 상황이었으리라. 분명히 그랬으리라 믿었다. 그의 다리에 달라붙은 아이가 순식간에 붕 떠 바닥으로 밀려 넘어졌다. 작은 몸이 떠올랐고 전등이 있는 바로 밑에 그대로 쓰러졌다. 휘청거리던 전등이 아이의 몸 위로 떨어졌고 소리를 내며 깨지는 유리파편들이 바닥으로 내리 쏟아지는 것을 보고야 말았다. 겁에 질려 떨리는 다리는 마치 나를 밑으로 끌고 그에게 데려가는 것 같았다. 비명 지르지 않으려 깨물고 있던 입술에서 피가 났고 입 안 가득 피 맛이 느껴지기 시작한 순간 계단을 향해 달려 내려가다 중간에서 그만 주저 앉아 버리고야 말았다. 케리엘스는 다니엘의 울음소리에 뛰어 달려갔고 얼마 안 가 자지러지는 소리로 귀가 울렸다. 팔목을 잡아 당겨 제 품안으로 껴안은 뒤 얼굴을 돌리게 만드는 클라우드의 행동에 나는 온갖 발버둥을 쳐 결국 빠져나왔다. 어떠한 표정도 없이 그 자리에 계속 서 있는 그에게 다가가 눈을 마주쳤다. 아직도 잡고 있는 클라우드의 손에 힘이 가득했고 손목이 다 아팠다. 가까이 다가가 마주친 그의 눈에 초점은 완전히 나가 있었고 더 가까이 다가갈수록 그의 몸에서 나는 악취와 약 냄새에 코가 쓰렸다. 케리엘스는 아이를 안아 달래며 함께 울고 있었다. 한 걸음 더 다가가자 토사물의 썩은 악취와 오물 냄새 때문에 숨을 쉬기조차 힘들었다.

침이 빠르게 목을 타고 넘어갔다.

"라디스."

그의 이름을 부르는 것이 이 순간만큼 낯설게 느껴진 적이 과연 있었을까.

"라디스…"

이렇게 두렵던 적이 있었을까.

"나…봐요."

"……"

"제발…"

말을 끝마치기도 전에 순간 그의 손이 주머니에서 움직였다. 마주친 눈에서 나는 숨이 막혀옴을 느꼈고 동시에 눈을 감았다. 다시 빠르게 몸을 감싸오는 클라우드에게 모든 것을 맡겼다. 덜덜 떨려오는 몸이 내 힘으로는 도저히 주체할 수 없었다. 케리엘스의 비명이 잇따랐고 고개를 들어 그를 바라보았을 땐 총이 어느새 그의 머리를 겨누고 있었다. 이어지는 귀를 찢는 총음에 정신이 아찔해졌고, 몸 안에서 무언가 찢어진 듯 했다. 바닥에 쓰러진 라디스의 다리가 떨렸다.

"Effy⋯."
"Effy Stonem⋯."

2.
'무엇을 착각하고 있는 거야, Eff. 네가 마음먹는다고 해서 쉽게 이루어질 일이 아니라는 걸 알고 있잖아. 엄마 살을 뚫고 세상에 나와 보지 않고서야 그들에게 받는 사랑이 무엇인지 느끼지 못하는 것처럼.'

에드워드의 목소리가 천천히 울려 퍼졌다. 그가 그 말을 내게 해주었을 때 당시 나는 코웃음을 치며 세상에 나왔지만 그런 것들을 느껴보지 못한 나에게 대체 무슨 말을 하는 것이냐고 표정을 굳혀 고분고분 따져들었고, 그는 그럴 때면 자신이 실수했다는 기색을 표정에 역력하게 드러내며 하루 종일 미안한 표정을 짓곤 했다. 지금에 와서야 그 말과 단어들이 총알로 변해 머릿속을 뚫고 지나가 다시 흩어져버릴 줄은, 적어도 몰랐다. 그가 하는 모든 말은 내게 있어서 베껴 쓸 만한 모범답안과 같았다. 그는 계속 내게 말하고 있었다. 내가 지금까지 단 한 번도 흘려듣지 않으려 노력하고 가슴 속에 새기기 위해 잊어버리지 않으려고 노력한 말들을. 그러나 그것이 내 안에서 차마 다 자리 잡지 못한 채 그는 죽어버렸고, 나는 그 뒤로 손 쓸 수 없을 정도로 흩어져 버린 그의 단어들을 열심히 주어 담으며 살아갔다. 그런 내가 계속 그의 환청을 듣게 되는 것은 어쩌면 자연스럽고 당연한 일인 것도 같았다. 별장에서의 은신 생활은 결국 그의 환영까지 여러 번 보게 되었고 내가 더 이상 도망치지 못하고 막다른 길에 다달아 서면서, 설마 하고 생각했던 일들이 내 앞에 그대로 대면하게 되면서 비로소 깨달았다. 내가 죽을힘을 다해 지키려고 했던 그와의 약속은 나 혼자만의 약속이었으며 그가 세상에서 없어졌다는 것을 아직도 실감하지 못한 이 순간, 매일 저절로 부서져 조각나 버리고 마는 것이라고. 나는 단지 이미 깨져버린 유리조각들을 손에 올려놓고 하나씩 정성스레 돌보고 있었을 뿐이었다. 손이 베이는 것도 신경 쓰지 않고.

라디스를 만나는 장소에 도착하기 전까지 나는 계속 침묵했다. 복잡한 생각들을 짧은 잠으로 떨쳐내 버리고만 싶었으나 마음처럼 쉽지가 않았다. 새우잠에서 깨고 나니 그만이었고, 걱정 가득한 블랙도그의 시선이 내 의식을 오히려 더 심화시킬 뿐이었다. 그래서 나는 그와 눈 한번 마주칠 수가 없었다. 가장 의지하고 싶을 때, 의지하면 안 된다는 것을 알고 있었다. 지금 라디스를 마주쳐야 한다는 것보다 더 이상 현실적이고 고통스러운 일은 없을 것 같았다. 걱정과 두려움이 늘어나는 만큼 몸속으로 차오르는 분명함 또한 부정할 수 없다는 것이 괴로웠다. 차 안에서 웅크리고 잤는지 어깨가 불편했다. 게다가 꾸지 않던 그 꿈을 다시 꾸고야 말았다. 화려한 의자에 앉아 있는 남자. 그리고 어디선가 날아오는 총알이 그 남자 가슴에 명중하는 장면.

그가 담뱃불을 붙이며 입을 열었다. 창문이 한 발자국 늦게 열리고 담배 연기가 흩어졌다. "같이 가." "그건 안 돼." 말이 끝나기도 전에 그의 눈이 내 이름을 부르며 손 위로 큰 손을 포갠다. 한번 크게 조여옴에 있어 나는 큰 한숨을 속으로 참아낼 수 있었다. 카페 건너편 주차장에 다다랐다. 나는 한 손으로 차문을 열어 그와 잡고 있던 손을 풀어냈고 동시에 몸을 일으켰다. 차문을 닫고 그와 눈을 마주치며 말했다. 두려워.

코트 안으로 들어오는 차가운 칼바람에 머리카락이 휘날렸다. 생각보다 크게 살을 파고드는 추위에 얼굴은 찢어질 듯 했고 가볍게 먼저 힘이 풀리고 들어왔다. 그렇게 바람과 절망에게 미리 인사했다. 횡단보도 바로 맞은편에 그가 앉아 있을 테이블이 눈에 확 들어왔다. 뒤에서 점점 멀어지는 차와 반대로 걸음을 하나씩 떼는데 카페와 가까워질수록 또렷해지는 그의 얼굴이 내 가슴을 천천히 내리꽂았다. 온 몸을 저항하게 만드는 그의 존재 하나로. 띵 소리와 함께 문이 열리고 시야에 계산대가 들어왔다. 무언가 경직되고 긴장한 표정이 가득한 종업원들의 모습에 나 또한 긴장을 풀 수 없었다. 그 중에서도 가장 나이가 어려보이는 한 여자가 어깨가 잔뜩 굳은 채 걸어나 와 기어가는 목소리로 인사한 후 나를 안내했다. 불안하게도 바닥을 끌며 또각또각거리는 구두소리, 이른 시각이 아닌데도 불구하고 아무도 없는 커 피숍이 의아했다. 우아한 바이올린 소리만이 공기를 차지하고 있었다. 어 느새 그가 앉아 있는 테이블에 도달했다. 조금 떨어진 거리에서 보이는 핏 기 없는 입술과 여전히 어둡고 깊은 눈빛에 심장이 뛰었고 얼어붙을 듯 했 던 차가운 공기가 반갑게 느껴졌다. 그가 짓고 있는 무표정에서 아무것도 읽어낼 수 없다는 사실 알았다. 당황하고 싶지 않았는데, 차마 그럴 수밖에 없는 내 처지를 증오하고 또 원망하면서.

그녀는 소리가 나지 않게 의자를 빼주었다. 나는 그와 같은 눈높이에 다다 라 섰고, 그의 얼굴을 바라보는 데까지 생각보다 얼마 시간이 걸리지 않았 다. 그가 나를 쳐다보고 있지 않았기 때문에 수월했다. 그 덕분에 힘겹지 않게 그의 얼굴을 볼 수 있었고, 닿으면 차가울 듯한 그 뺨을 손으로 연신 어루만져 주고 싶다는 생각이 들었다. 뭘 기대한 거야, 에프. 네가 받은 상 처들은 모조리 그에게 선물했던 걸 잊어버린 거야? 어떤 말도 누가 먼저 하 지 않고 가만히 앉아 나는 단지 그의 모습을 가만히 응시했다. 종업원이 자 리를 피했다가 다시 바쁘게 내 뒤쪽으로 멈춰 선다. "클라우드 씨께서 거신 전화입니다. 말씀하신 대로 지금 커피숍 안에 아무도 들일 수 없는 상황입 니다." "예." 나는 그리운 클라우드의 모습보다 먼저 너무나도 그의 얼굴을 손으로 어루만져주고 싶다는 생각이 들었다.

"오랜만이야."
각오해 줘. 그래야 내가….

'사랑을 잃으면 눈은 빛을 잃고, 입술은 더 이상 붉지 않으며 그 심장은 이미 찢겨져 산 사람의 뛰는 심장이 아니다. 에프. 어떻게 생각해?'

"네가 저택을 나갔을 때 수호군 한 명이 죽었고, 스캐더 창고에 있던 백만 달러가 사라졌다."
낮게 가라앉은 목소리가 차근차근 내가 저지른 일들을 설명해 주고 있었다. 뒤를 이어 말하자면 그 돈은 케리엘스가 빼내어 나에게 준 돈이었다. 하지만 그가 말하는 데에 있어서 아무 원망이나 감정도 담겨 있지 않았다.
"그래서" 그래서. 맞받아칠 수 있었다. 수호군의 피가 내 몸으로 튀긴 그날 밤. 아무리 씻어 내리려 해봐도 지워지지 않았던 피가 묻어 있던 손과 지금의 하얀 손이 머릿속에서 대조되어 그려지다 얼마 안가 사라졌다.

"하…." 그의 이어지는 탄식과 처음으로 닿은 눈에서, 그의 눈 안에서 내 모습이 미세하게 비춰졌다. 살짝 떨려오는 손에 힘을 꽉 주었다. 순간 마주 보고 앉아 있는 우리가 너무 우습게 느껴졌다. 우습게도 잊지 않고 있던 내가 너무 원망스러웠다. 그가 나를 기르고, 왕국으로 데려간 것이 나를 사랑한 것이, 내가 그를 사랑한 것이. 내가 사랑했던 사람인 줄, 나를 사랑하고 있는 사람인 줄.

"왜 죽였어."
내가 먼저 떨어져야 할 시선이 반대편에서 먼저 떨어졌다. 가장 많이 생각했고 예상했던 질문이었다. 그나 나나 너무도 궁금했던 대답. 그리고 그럴 수밖에 없던 물음. 그럼에도 나를 관통하는 고문에 애써 힘겹게 코웃음을 쳐보였다. 그러자 그의 튼 입술이 빠르게 분노로 일그러져가는 것을 보았다. 바이올린 소리가 클라이맥스를 향해 빠르게 치달아가고 있었다.

"재미 좀 봤으면 해서."
그가 조금 일찍 반응해왔다. 아마 다른 날보다 감정기복이 심해서 그럴 거라 생각했다. 그의 손이 갈 길을 잃은 채 테이블 위를 세게 내리쳤고, 그 덕에 나는 그의 왼쪽 손등에서부터 보일 듯 말 듯, 얇게 벌어진 옷속 사이로 안까지 셀 수도 없이 많은 흉터를 볼 수 있었다. 속으로 기겁하고 비명을 겨우 삼켜냈는데 그는 다시 잔잔해져서 말을 이었다.

"사람 목숨까지 걸린 문제였어? 네 일이?"
아니야. 당신은 내가 누구를 죽여서 화가 난 게 아니잖아. 그 부르튼 입술과 갈라진 손등 위의 상처가 이렇게 당신을 부질없게 만들어버리면서 내게 사실을 말하고 있잖아.

"묻고 싶은 게 뭐야."

그것을 너무나 잘 알고 있는 나에 대한 분노가 치솟아. 당신에게 이렇게밖에 할 수 없는 나에 대한 분노가.

"물론 너는 그게 어떤 의미인지도 모르겠지만."

그는 말을 더 잇지 않고 입을 다물었다. 잠시 다니엘 위로 떨어진 유리 전등이 생각났다. 파편이 아이의 몸 위로 그대로 떨어지며 옷엔 피가 물들고 있었다. 눈 흰자 전체가 빨개지며 무서움에 질러버린 채 제 아비를 보며 기겁하고 소리 지르던 아이 모습. 벌벌 떨고 있는 다니엘의 얼굴엔 아픔보다 아빠에 대한 걱정이 가득 드러나 있었다. 그 모습이 머릿속을 헤집었다.

"그렇게 잘 아는 사람이라서 그랬나 봐."

"……."

"그래서 그렇게 쳐죽이고 다녔던 거야. 그렇지? 그래서 자기 자식한테 도…. 아니, 다니엘도 내가 데리고 나왔어야 했어." 내 말에 그가 고개를 들어 빳빳이 나를 바라보았다. 눈엔 살기와 증오가 어려 있었고 분노가 가득했다. 내뱉었지만 나조차도 차마 듣고 싶지 않은 말에 귀를 막고 싶었다. 그의 손이 내 뺨을 스쳐 내려가고 탁자 아래 숨기고 있던 손에 힘이 완전히 나가버렸을 때에야 나는 조였던 나사를 풀 수 있었다. 몸이 떨려왔다. 눈물과 떨림은 그의 모습이기도 했다. 테이블 위로 서로의 눈물이 거침없이 뚝뚝 떨어졌다. 칼바람처럼 시린 손길을 참아냈고 그래서 그에게 더 잔

인해질 수 있었다. 분노 안에서도 옅게 비춰지는 당황 섞인 그의 나약함에
서도.

"왜 더 세게 못 쳐."
손을 어디다 둘지 모르고 얼굴을 돌려버리는 그의 모습에 나는 마음을 굳
게 다 잡고 말을 이었다. 그는 아마도 두려웠을 것이다. 자신의 그런 모습
보다 이런 내 모습을 봐야 한다는 사실을.
"…"
"순진하기만 해서."
빈정거리듯 억지로 입가를 비틀었다. 한번도 그에게는 보여준 적 없던, 보
여주고 싶지 않았던 내 얼굴이 찌푸려질수록 그의 얼굴 또한 충격으로 일
그러졌다. 얼굴이 발갛게 부어오름이 느껴질수록 마음을 더 강하게 먹을
수 있었다.
"아직도 이런 내가 좋아?"
하지만 당신에게 주는 상처는 다시 내게 그대로 돌아온다는 거 알고 있어?
"아직도 내가 좋아죽겠어?"
그래서 당신을 잊기가 죽을 만큼 힘이 들었어. 지금 내 손이 흔들리는 걸
보니까 당신도 딱 나만큼만, 흔들릴 것 같아
"지금도 날 보면…."
그래도 당신은 아프지 않기를 바랐는데, 이렇게 되어버렸어
"지금도, 날 사랑해?"

조금만 아파해 줘.

"구질구질하게 매달리고 싶을 만큼?"

내 기억 속에서 지지 않는 불꽃처럼, 그리고 뜨겁게 치명적으로 남을 내 사랑아.

돌아보지 않았던 것. 부정하고 존재하지 않을 거라 깊은 곳에 숨겨둔 것. 다시 고치거나 되돌리려 해보겠다는 생각따위 하지 않은 사랑. 사람. 그리고 돌이킬 수 없음을.

몸이 무섭도록 덜덜 떨렸다. 숨을 쉬고 있는 지금의 순간이 내게 너무나 큰 형벌이었고 지옥이었다. 나는 그대로 일어서 힘겹게 중심을 잡았다. 머리가 텅 비고 얼굴이 달아오르다 못해 하얗게 질려오는 느낌이었다. 그런 아찔한 상태에서 나는 그대로 뒤돌아섰다. 신이 허락해주시기를 기도했다. 그가 제발 그렇게 좌절해버렸으면 하고. 사랑이라는 이름으로 나를 부르던 때와 다르게.

흘러내리는 눈물이 멈출 기미를 보이지 않고 목을 타고 흘러내렸다. 뒤를 돌아보지 않아도 그의 팔이 나를 향해 뻗어 있다는 것쯤은 알 수 있었다. 나는 쳐내지 않았지만 진작 그 팔을 뿌리쳤다. 창문 밖으로 횡단보도에 서 있는 블랙도그가 보였다. 빠른 걸음으로 커피숍을 빠져나오는데 가득히 밀려오는 고통에 나는 호흡이 힘들어졌고 뒤에서 그가 완전히 무너져 다시는 나를 찾지 않기 바랄 뿐이었다.

파란불로 바뀐 횡단보도와 블랙도그가 나를 반겼고 익숙한 향의 코트가 내 어깨를 덮었다. 반쯤 몸을 의지한 채 차를 향해 걸어갔다. 숨을 몰아쉬는데 귓가에 들려오는 짐승처럼 울부짖는 소리를 달래고 또 달랬다. 귀를 막고 눈을 감았다. 동시에 내 숨도 막히길 기도했다.

3.
"라디스…."
"…"
"라디스… 내 말 듣고 있어요?"
"…"
이제 알고 있어. 안 들은 척, 내 말을 듣고 있었던 걸 알아. 그러니까 제발 지금도 들어줘.
"결혼 축하해요."
행복하게 살아.
"사랑해요…."

4.
"와이프가 있어. 예뻐."
"…"

"너와 닮은 구석이 하나도 없지."

아무도 깨지 않은 새벽. 그리고 몇백 년을 안으로 삭힌 구토처럼, 그제야 울음이 쏟아졌다. 생각해보면 한번도 그에게 사랑한다 말한 적이 없다. 단 한번도.

5.

"기억이…났어." 숨을 한번 고르고 나서야 마주친 눈에 눈물이 가득 맺혀 있었다. 충혈된 눈과 함께 그 주위가 붉었다. 무슨 일인지 알 수 없는 것에 대한 조바심과 노파심이 가슴으로 밀려왔다. 손을 뻗어 빠져나온 눈물을 닦아주려 했으나 멈칫하고야 말았다. 팔이 닿지도 못한 채 어정쩡하게 되돌아왔고 그녀의 뺨을 타고 떨어지는 눈물이 목 끝에서 멈췄다.

"Effy, 무슨 일이야." 고개를 떨어뜨린 채로 손을 떠는 것이 심각한 상황임을 눈치 챘다. 동시에 주체되기 힘든 사랑이, 화로 변해가며 이성을 놓지 않길 바랐다. 당장이라도 방문을 열고 그녀를 내쫓고만 싶었다.

"기억이…." 눈물을 참는 목소리가 걸러짐없이 그대로 나왔다. 웅얼거리며 흔들리는 목소리가, 더 걱정을 치닫게 만드는 거라곤 자신은 생각도 못하겠지만 충분히 그랬다. 팔을 잡아 당장이라도 끌어안고 싶은 작은 몸이 의자에 앉은 채 더욱 움츠러들었다.

"일어나."

"…"

"일어나 봐. Effy Stonem."

대답 없는 침묵에 무엇으로 반응해야 할지, 기다려야 할지 막막하면서도 심장이 뛰었다. 그러면 안 된다는 것을 알면서도 그렇게도 뛰어댔다. 얼굴을 무릎에 묻고 침묵으로 일관하고 있는 그녀 쪽으로 다가가 왼쪽 무릎을 꿇은 채 말을 건넸다. "제발, 내가 네게 부탁하게 만들지 마."

반응 없는 몸이 몇 분쯤 지났을까 인기척을 냈다. 침대 위에서 멍하니 그 작은 체구를 바라보며 기다렸다. 완전히 드러난 얼굴은 가관이었는데 눈주위는 말할 것도 없고 얼굴 반쯤을 축축하게 덮은 눈물자국이 우습게 느껴지지도 않았다. 어떤 표정인지 읽어낼 수 없어 두려운 표정으로 나를 바라보는 눈도, 목덜미를 파고들 때 나는 몸에 밴 좋은 향기도, 입을 맞출 때 어떤 것에 비례할 수 없는 그 황홀함까지. 그녀를 마주하는 순간마다 두려웠다. 차마 그녀에 대한 사랑을 감당할 수가 없었다.

"내가 그랬어요?"

"…"

"그게 무슨 헛소리야."

그녀의 다리가 땅에 조심스럽게 닿았다. 의자 손잡이를 의지한 채 힘겹게 일어나 나를 내려다보았다. 가는 손목을 잡아주고 싶었지만 차마 그럴 수 없다는 것을 너무나 잘 알고 있음에 고통스러웠다. 순식간에 다리가 풀려 바닥으로 주저앉은 그녀를 잡아 부축했다. 술에 많이 취하지도, 약을 하지도 않은 것 같은데 다리 중심 하나 잡지 못한 채 어린아이 마냥 떨고 있는 것이 과거를 생각나게끔 했다.

"어깨 잡고 일어나."

"…싫어."

"술 먹었어? 방으로 데려다 줘?"

그녀의 고개가 힘없이 돌아갔다. 구부정한 자세에서 그녀를 안아들어 세웠다. 가물가물했지만 절대 잊어버리지 못할 그 온기가 아주 오랜 시간동안 그대로 전해져왔다. 눈물자국에 얼굴을 가리고 있던 부스스한 머리칼을 귀 옆으로 넘겨주곤 빨리 달래서 보내야겠다고 생각했다.

"흉터들 중에서."

"…"

"쇄골 밑에 있는."

"…"

"내가 술에 취해 있고… 당신 보름만에 돌아와서 나한테 통조림 건넸을 때."

"…"

"그때 내가 그랬어요?"

"…뭐라고?"

"아님 나 떠나고 결혼식 올려서, 내가 당신 밉다고 그랬어요?"

"…"

"미안해."

아물었지만 어떤 것들과 달리 지워지지 않을.

"미안해요….""

숨이 턱 하고 막혔다.

"…내가 어떻게."

그녀와 같이 나 또한 몸이 떨렸다.

"나가."

"사과하려고 왔어요. …그것뿐이야."

"들었어. 이제 나가."

"당신한테…."

"나가라고."

"상처밖에 준 게 없어."

"……."

"기억났으니까. 이제 벌 받을게요."

"됐으니까…."

"내가 어떻게 해야 해."

머리가 어지러웠다.

"응? 라디스…."

귀에서 땡-하는 소리가 울렸다. 곧 이어 몸에 힘이 쭉 빠졌다. 비틀거리려는 다리도, 살짝 떨리는 손도 아찔한 머리와 몸도 모두 내려놓아야 했다. 침대에 앉아 떨어진 액자와 깨진 유리만을 바라보았다. 그녀의 두 팔이 내 목을 감쌌고, 느껴지는 온기에, 이상하게도 고르게 쉬어지는 숨에, 눈을 감았다.

로크 & 에피

1.

"데리러 갈까?"

"…"

"데리러 갈게. 데리러 가게 해줘."

"Roc."

"뭐라고 해도 안 들려. 안고 싶어서 미칠 것만 같아. 거기서 기다려."

차에서 내려 문을 연 것도 잠시, 마주친 눈에 그녀가 굳은 표정을 하고 아무 말 없이 반대편 차 문을 열고 조수석에 앉았다. 눈 주위가 붉고 부어 보이는 것이 내 노파심을 충분히 일으키게 만들었다. 팔목을 잡아끌어 고개를 내쪽으로 돌리는데 빨갛게 충혈된 눈이 빠르게 흔들렸다.

"운 거야? 누가 ….." 말을 다 마치기도 전에 그녀는 내 말문을 막히게 만들었다. 볼을 타고 흐르는 눈물이 감히 당황할 틈조차 주지 않고 뚝뚝 떨어지는 데 속 안에서부터 무언가가 끓어오르는 듯했다. 알 수 없는 이유에 목구멍에서부터 말이 턱 하고 막혀버렸다. 순간, 차라리 손을 뿌리치거나 감정

없이 나를 대하던 태도가 지금의 이 상황보다 더 나을 듯싶기도 했다. 내 자존심을 짓밟으려 하는 노력 같은 건 아무래도 좋다. 하지만.

몇 분을 굳은 자세로 그대로 있었다. 차라리 내가 백 번이면 백 번 울어 주고 싶었던 것을, 입술을 깨물며 벌어지는 입을 꾹 닫은 채 숨을 참고 소리 내지 않으려 애쓰는 모습과 쉽게 멈추지 않을 듯한 눈물이 계속 침묵으로 일관했다. 마주보고 있던 얼굴을 돌리고 불안정한 시선으로 눈을 피하자 난 다시금 그녀의 턱을 잡아 얼굴을 마주보았다. 손에 힘을 실고 입을 열었다.

"Effy."
"…"

"무슨 일이야."
움직이지 않는 입술이 떼어질 기미조차 보이지 않는다. 움찔거리지도, 씰룩거리지도 않는다. 평온 그 자체인 것 같은 입술과 살짝 멍해진 눈에서 나는 내가 절대로 대답을 들을 수 없을 것만 같은 생각이 들었다. 이런 기분이 한두 번도 아니었던 것 같은데. 가능하다면 무너져버리고 싶었다. 결국 한 손이 클랙슨을 세게 내리쳐버리고 말았다.

"Shit…. 대답 좀 해봐."
그녀의 눈가부터 볼까지 축축해진 곳을 닦아내어 주고 다시 감정을 추스른 뒤 말을 이었다.

"하루 떨어졌다고 이렇게 보고 싶어. 아무리 Vigo 일이래도 호텔방에서 지내는 꼴은 못 보겠고. 나도 일 깨고 온 거니까 같이 집으로 들어가."

"말이 되는 소리 좀 해. 일이잖아."

"이거부터 말이 안 되는 거야. 알아?"

"……"

"당장 이것부터 말이 안 되는 거라고."

"내 말…"

"호텔에서 이미 짐 다 옮겨놨어. 집에서 다시 지내."

"Roc."

"무슨 일 때문에 울었냐고 물었어. 대답 안 할 거면 지금 얘기 안 해도 돼."

"화내지 마."

"너야말로 말이 되는 소리를 해."

"…나 봐."

"…"

"그냥 마음이, 조금…"

그녀는 내 팔을 잡아다가 자기 얼굴에 갖다 대었다.

"똑바로 대답해." 내 말에 대답 없이 힘을 주어 손을 잡아다가 자기 목 주위에 갖다 대었다.

"이렇게 있을 때 네가 내 목을 조르면, 내가 아니라 네가 죽게 될지도 몰라."

"…"

"그리고 내가 이렇게 끌어당겨서 안으면."

"…"

"네가 더 슬프겠지."

"…"

"키스해줘."

"치욕스러워 해야 하는 건데."

"…"

"전혀 그렇지가 않네."

그리고 서서히 입술이 맞춰졌다. 살짝 벌어진 틈으로 혀를 넣어 휘젓기를 반복하다 입술을 핥고 물었다가 다시 놓아주며, 주위가 붉어진다. 입술에서 목으로 내려가는 데서 그녀가 몸을 밀어냈다.

"…훗."

"이제 어디 가지 말고 집에서만 있어."

"아파… 깨물지 마."

"내 곁에만 있어."

"흐…. 웃. 웅. 그럴게."

"…사랑해."

2.

악덕이란 보기도 싫은 무서운 모습을 한 괴물이다.

그러나 너무 자주 보면 친숙해져서 처음에는 참고, 다음에는 불쌍해지고, 마지막에는 끌어안아버린다.

3.

이미 예전에 너에게 휘둘릴 준비가 되어 있었다.

당장 물구나무 서서라도 가시밭에 뛰어들 마음이 있었다.

4.

가볍게 그녀의 등을 쓸어내렸다. 척추뼈가 닿는 얼얼한 느낌에 그새 더 마른 건 아니겠지, 하고 쓸데없는 생각을 잠시 했다. 자는 그녀의 모습을 뒤로 하고 침대에서 몸을 일으키는데 발바닥에 닿는 먼지가 느껴졌다. 바닥에 떨어진 약과 텅 빈 술병 들이 처음으로 눈에 또렷이 들어온다. 심지어 유리조각들이 깨져 바닥을 뒹굴고 있었다. 마치 내가 깨져버린 기분이었다. 빛 한줌 들어오지 않은 어두운 방에 쥐라도 기어다닐 기세였다. 커튼을 치고 드러난 얇은 햇빛이 인상을 저절로 찌푸리게 만들었고. 나는 하얀 내속을 드러냈다. 슬슬 일어날 때쯤이 됐는데. 구겨진 맥주 캔 몇 개를 집어 휴지와 담뱃갑이 삐져나온 쓰레기통에 억지로 쑤셔 넣었다. 바닥에 주저앉아 바지주머니 속에 남아 있던 대마초를 꺼내 아직 자고 있는 그녀를 올려다보며 불을 붙였다. "fuck. 쨍쨍하군." 부스스한 머리와 아무것도 걸치지 않은 그녀의 나체가 어느새 내 뒤로 맞닿았다.

5.

"살던 곳으로 데려가 줄게."

"그치만 난 어디서 왔는지 모르는 걸."

술에 취해 정신을 잃고 내 어깨에 기대 숨을 색색거리며 몰아쉬는 그녀에게 말하자, 그녀는 한마디 말로 내 가슴을 뚫고 지나가버렸다. 가슴속에서 미세하게 울리던 그 울림은 이제 한구석을 강하게 파고 들어와 구멍을 내어버렸다.

6.
"하, 아웃— 흐읏."
"오늘은 중간에 아프다고 죽여 달라는 둥, 그런 소리 절대 안 통해."

7.
"뭐하는 거야." 끝까지 열리지 않을 것 같았던 입에서 차갑고 낮은 목소리가 더욱 더 흥분케 만들었으면 만들었지, 자존심이 무너진 첫 번째 키스 이후로 억제하고 참았던 욕망을 더 유지하기란 불가능했다. 많은 사람들이 북적거리는 숨 막히는 파티장 안. 실크 드레스 밑으로 비치는 하얀 속살에 숨을 삼키고, 혹여나 그 붉은 입술이 나를 부르진 않을까 기다리고 지켜봤건만 오히려 다른 남자 곁에 앉아 있는데 더욱 강렬한 원함을 느꼈다. 처음 느껴보는 이 감정들과 느끼면 느낄수록 짓밟히는 자존심이 그녀 앞에서 열심히 발버둥치며 수영하고 재롱까지 떨었는데 박수소리 한번 들리지가 않았다. 다리 밑으로 손을 내려 허벅지를 쓸어내리자 내 어깨를 잡고 있던 그녀의 팔에 힘이 들어갔고, 나는 그녀를 내려다보며 어렵게 숨을 내뱉었다. "I can't control myself." 가늘게 떨리는 긴 속눈썹과 힘이 들어간 팔과 가까이서 닿는 숨결, 나를 미친 듯이 끌어당기는 온기까지. 그렇게 그녀의 모든 것이 나에게 있어서 너무나 치명적인 하나의 약점이었다.

최대한 이성을 잃지 않으려 노력한 것이, 결국 헛수고였다. 그녀는 첫 Vigo 파티장에서 기가 죽거나 말이 없어지기는커녕 오히려 누군가를 찾지도, 일원들을 한번 부르지도 않았다. 붙어 있던 몸에서 그녀가 한걸음 물러섰다. 그녀는 씨-익 웃어 보이며 손을 뒤로해서 드레스 지퍼를 내렸고 몸에서 살포시 드레스가 떨어져 내렸다. 슬립으로 아슬아슬하게 가리고 있는 굴곡을 따라 눈이 내려가며 속으로 탄식을 내뱉었다. 손가락으로 가슴과 허리를 따라 대충 그리자 작은 소리들이 새어 나왔다. "아름다워." "사람들이 분명 찾고 있을텐데 괜찮…."

말을 다 끝내기도 전에 그녀의 입을 무작정 맞추었다. 닫혀 있던 입술이 틈을 주며 벌어지고 그 안에서 열심히 혀를 섞었다. 한 손으론 이불을 밑으로 밀어내고 허리를 쓸어내렸다. 조금 거칠어진 숨소리가 나의 온 감각을 곤두세우게 했고 나는 윗옷을 급하게 벗어 던졌다. 곧 이어 팔이 내 목을 감싸며 가득 끌어안았고 나는 입을 목으로 옮겼다. 붉은 흔적들을 파먹을 듯 강하게 남기며 그녀의 입에서 새나오는 소리를 만끽했다. "하아…." "…" 팔을 떼고 가슴팍을 밀기에 잠시 멈칫했다. 상체를 살짝 떼고 그녀를 응시했다. "천천히." 눕혀진 상체를 일으켜 세워 그녀의 다리를 벌려 내 다리 위로 올렸다. 봉긋하고 예쁜 가슴이 긴 머리카락에 가려졌다가 다시 모습을 보인다. 조명 하나 켜지지 않은 넓은 방과 침대에서 섞인 두 모습과 창문 안으로 들어온 달빛이 내게 환상적인 존재로 그녀를 더 빛냈다. "Roc." 마치 처음으로 듣는 것 같은 내 이름이, 그녀의 존재만큼이나 황홀했다. 마주본 눈에서 너무 깊은 어두움에 다시는 빠져나오지 못하겠구나 라는 생각이 들 정도로, 대단했다. 작은 입술이 내 입술 위로 먼저 포개져오고, 곧 입안으로 들어와 가만히 있는 내 혀를 간질였다. 다시 몸이 밀착된 상태에서 천천히 허벅지를 쓰다듬으며 올라가 엉덩이를 세게 쥐었다. "으응…, 하아…." 온 몸을 반응하게 만드는 소리가, 그 신음이. "더 크게 소리 내." 오래, 그리고 크게 품고 싶었다. 가슴을 어루만지며 몸 전체에 입을 맞추었다. "후, 아…앗." "하아…." "으응…흐읏, 아…!" 그녀의 눈을 맞추며 다리를 적나라하게 벌렸다. "내 이름." 다시 손을 올려 그녀의 어깨를 잡았다. 뜨거운 숨을 가쁘게 몰아쉬며 내 얼굴을 어루만진다. "Roc…." "다시." "으읏…하…, 읏!" 곧 이어 두 몸이 거칠게 움직인다. "계속…." "흐응, 하…읏." "이름, 불러." "흣…으응, Roc…." "…너무 아름다워."

8.

effy, eff. fuck…. 그녀의 이름을 불러가는 Roc의 톤이 한층 깊어졌다. 대답 없는 그녀 쪽으로 손을 뻗어보지만 닿지 않는다. 새까만 머리카락을 손으로 어루만지고 손가락으로 돌려보는 상상을 해본다. 황홀할 정도로 부드러웠다. Elizabeth. 자신만이 알고 있는 유일한 비밀 암호였다. 특별하게 느껴지는 그녀의 풀 네임이 생각대로 발걸음을 멈추게 만들었고, 몸을 돌리는 그녀를 향해 살짝 미소 짓고 있는 나와 달리 뭐가 그리도 분한 건지 사나운 고양이 마냥 노려보고 있다.

"그 자식에게 보내줄까?"

"…"

"지금 보내줘?"

"…"

"말을 해야 알 거 아냐."

굳게 닫힌 그녀의 입술이 쉽사리 열릴 것 같지 않았다. 시선을 피해버리는 그녀의 행동에 조금은 기분 상해 미간을 찌푸렸다. 왜 웃지 않는 거야. 모처럼 파티잖아. 내 생일이잖아.

9.

무슨 사고라도 친 건지 집에 들어오자마자 자리에 앉지도 못하고 거실만 서성이는 그를 바라보는 그녀의 얼굴 또한 말이 아니었다. 뺨과 셔츠 깃에 잔뜩 튀긴 핏자국을 멍하니 보던 그녀가 그의 이름을 불렀다. 부르자마자 그는 이미 뭐 때문인지 안다는 듯 내 피 아니니까 걱정 마, 라며 안심시켰다. 자다 일어나 정신 차리려는 듯 손으로 눈가를 몇 번 비벼낸 그녀가 티슈 몇 장을 뽑아내 그의 곁으로 다가갔다. 한손으로 반대쪽 볼을 감싸주고 가만히 있으라는 듯이 그의 뺨에 엉망으로 묻은 핏자국을 닦아내는데 그녀의 손길을 묵묵히 받으며 얌전히 눈만 감고 있던 그가 그녀를 끌어 안았다. 로크. 아직 안 지워졌어. 얼굴 좀 들어봐…. 그를 밀어내려는 손길에 자신의 몸의 절반도 되지 않을 것 같은 그녀를 더욱 꼭 끌어 안았다. 잠옷차림인 그녀에게서 나는 냄새가 너무 은은해 목덜미에 고개를 쳐박고는 차마 떨어질 기색을 보이지 않았다. 나중에 씻고 올게, 먼저 들어가서 누워 있어, 하고는 화장실로 비척비척 걸어가는데 그녀의 어깨가 그의 눈물로 다 젖어서 척척해졌다. 이내 몸이 떨어지고 걸어가는 그를 껴안고 등을 토닥여주면서 연신 괜찮아, 다 괜찮아, 내가 여기 있잖아… 라고 그녀가 속삭였다.

10.
만약에 내가 딴 남자랑 자면 어떻게 할거야?
그녀의 말에 가만히 그녀의 턱을 쓰다듬었다. 그리고 입을 열었다.

- 그 새끼의 모가지를 잘라 네 앞에 대령해주지.

막스&에피

1.

힘을 주어 문을 열었다. 그는 익숙하지 않은 손짓으로 붕대를 두르고 있었고, 나는 그의 어깨와 가슴팍 부분에 묻어있는 핏자국을 확인했다. 그의 시선이 나를 향해 멈추었고, 그 시선을 마주한 채 그대로 그의 곁에 다가가 앉았다. 엉성하게 걸쳐 있는 붕대에 손을 대자 그의 손길이 멈춘다. 나는 반대 방향으로 열심히 붕대를 풀기 시작했다. 그리고 드러나는 꿰맨 자국과 그 사이로, 보이고 있는 광경을 의심하게 만들 만큼의 거의 떨어져 나가버린 살에 속으로 비명을 삼켰다. 내려다보는 그의 눈을 감히 마주칠 수가 없어 수건을 집어 들어 몸을 일으켜 세웠다. 그의 부름에 대답하지 않고 화장실 문을 열었다. 그렇게 두 번째로 삼켜야만 했던 비명. 보이는 광경은 처참하다 못해 아찔했다. 코를 자극하는 피비린내와 자국들, 입과 코를 순간 손으로 틀어막고 겨우 세면대 쪽으로 들어가 차가운 물에 수건을 적셨다. 그리고 세면대 위 올려져 있던 찌그러진 총알 하나를 집어 바지주머니에 넣었다.

상처 주위에 남은 선혈들을 닦아내는데 그 근처에 닿을 때마다 구겨지는 그의 이맛살에 눈치를 보며 대충 닦고 끝내야만 했다. 붕대를 잡아들고 정

먼에서 최대한 몸을 닿지 않게 하려 무릎을 꿇은 자세로 일관했다. 한층 더 말끔해진 붕대 끝을 세게 잡아 당겨 테이프를 뜯어 붙였다. 다 되었다는 말을 하려 그를 보는 찰나에 그가 왼쪽 팔을 뻗어 가볍게 내 허리를 끌어안았다. 그 긴 속눈썹이 가늘게 떨렸고 이내 나와 그의 코가 닿았다. 밀어낼 생각조차 하지 못한 채 빠르게 자리를 잡고 맞춰 오는 입에 그대로 혼란과 아찔함 모두 받아들여야만 했다. 강하게 몸을 밀어붙이며 밀착해오는데 과연 그가 아픈 사람이 맞는지 대한 의심까지 들었다. 한번 헤집고 들어오는 혀는 쉽사리 빠져나가지 않았고, 그는 격정적인 키스로 나에게 황홀함을 안겨다 주었다. 천천히 그의 몸을 감싸고, 허리에 닿아 있던 크고 따듯한 손이 목 위로 올라왔다. 흥분이 서서히 몸 안으로 스며들어 갈 때쯤 그는 입술을 한번 깨물어보이고는 웃음을 지어 보이며 입을 떼었다. 색색거리며 숨을 몰아쉬는데 몸은 떨어질 생각을 하지 않았다. 그가 일어나 천천히 나의 상체를 받혀 침대에 앉히고, 그의 손이 조심스레 내 목을 쓸어내렸다. "Hi, Effy."

빨갛게 부은 입술부분을 매만지며 옷매무새를 다듬었다. 티를 갈아입는 그의 뒷모습에서 그의 어깻죽지 위로 거슬리는 핏자국들이 남아 있을 생각에 계속 신경이 쓰였지만 얼얼하게 남아 있는 입술의 촉감으로 대신해 내버려 두었다. "Black Dog." 정적을 깬 누군가의 노크소리. 남방을 걸친 그가 나를 향해 그냥 서 있으라는 제스처를 취했다. 긴장이 몸을 타고 흘렀다. 만약 저 밖에 있는 사람이.

*그외에도

블랙도그 & 에피, 세리더 번외편, 스캐너 번외편, 에피 번외편, 클라우드 번외편이 있다.

안산 단원고 2학년 2반 아이들

이 아이들 중에서

강수정 강우영 길채원 김민지 김소정 김수정 김주희 김지윤 남수빈 남지현
박정은 박주희 박혜선 송지나 양온유 오유정 윤민지 윤 솔 이혜경 전하영
정지아 조서우 한세영 허다윤 허유림

그리고 전수영 담임선생님이 ...... 돌아오지 못했습니다.

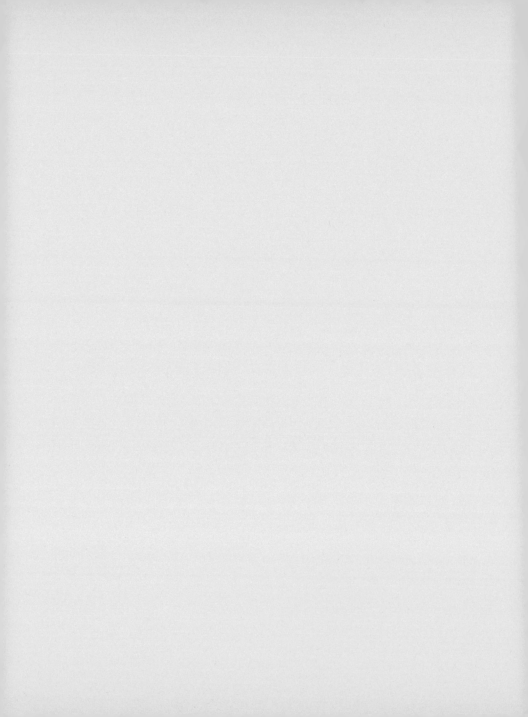